徳間文庫

破滅へと続く道

右か、左か

大石　圭

徳間書店

目次

まえがき

意識をする、しないにかかわらず、あなたは一日に何度も分かれ道に立っている。そして、分岐点に立つたびに、たいていはほとんど悩むことなしに、どちらの道を行くべきなのかを瞬時に決めている。

たとえば、朝、クロゼットの前でワンピースを着て会社に行くのかスーツにするのかを決め、ドレッサーの前でどのアクセサリーをつけるのかを決め、玄関でパンプスを履くのかブーツにするのかを決める。

たとえば、オフィスに設置された自動販売機の前に立って、コーヒーを飲むのか、紅茶にするのか、ノンカフェインのソフトドリンクにするのかを決める。

たとえば、昼休みに、きょうのランチはイタリア料理店に行くのか、ファミリーレストランに行くのか、それともファストフード店に行くのかと考える。

多くの場合、どの道を選択したとしても、あなたの人生が大きく変わることはない。ほとんどの道はどこかでまた合流し、結局は同じところに向かうのだから。

けれど、時には、あなたのほんのふとした選択が、その後の時間を決定的に変えてしまうこともあるかもしれない。

この作品は、そんな分かれ道を題材にした連作短編集である。

第一話　春の分岐点『雪の中の仔猫』

1

間もなく桜が開花しようという季節なのに、午後から舞い始めた雪が夜になっても降り続いている。

予報によると、季節外れのこの雪は日付が変わる頃まで降り続けるらしい。だから、もしかしたら、あしたの朝、目を覚ます頃には窓の向こうは一面の銀世界になっているのかもしれない。

そんな雪の中を、僕はビニール傘の柄《え》を握り締め、ダウンジャケットを貫いてくる風の冷たさに身を震わせながら、重い足取りで自宅アパート近くのスーパーマーケットに向かっている。

たくさんの人に踏みつけられたために、歩道の雪は汚れてぐちゃぐちゃになっている。

その足元を見つめて僕はゆっくりと歩き続ける。

息を吐き出すたびに、煙のように白い息が顔の周りにふわりと広がる。

子供だった頃には雪が降り始めると、積もったら何をして遊ぼうかと考えて心を弾ませたものだった。けれど、きょうの気持ちは、そんな高揚感とは対極のところにあった。

気がつくと、また溜《た》め息をついている。きょうはこれが何度目の溜め息だろう。

思い返してみれば、僕の人生はうまくいかないことばかりだったような気がする。

挫折……挫折……挫折……そして、また挫折。その繰り返しだ。

だが、ここまで絶望的な気持ちになったのは、たぶん、生まれて初めてだろう。

スーパーマーケットには五分ほどで到着する。凍えるような寒さだった外とは対照的に、明るく広々とした店内には暖かくて乾いた空気が満ちている。

こんな天気だというのに、夕暮れ時のスーパーマーケットは大勢の買い物客で混雑している。入り口のすぐ近くにベーカリーがあるせいで、美味《おい》しそうなパンのにおいが鼻に飛び込んでくる。

そんな店の中をゆっくりと歩き、いつものように、並んでいる食品を買い物カゴに入れていく。

いつものように？

いや、そうではない。

いつもはこのスーパーマーケットで、『半額』や『三割引』のシールが貼られた賞味期限切れ直前の食品ばかりを選んで買い物カゴに入れる。僕はいつもお金に困っているから。けれど今夜は、普段だったら決して買わないような、僕としては豪華な食べ物の数々をカゴに放り込んでいる。

本物のシャンパーニュ、瓶詰のキャビアとクリームチーズ、国産のステーキ用の牛フィレ肉と新鮮なクレソン、ロブスターのチーズ焼き、一流ホテルの厨房《ちゅうぼう》で作られたというポタージュのパック、冷凍の高級カニクリームパイ、焼きたてのフランスパン、缶入りの発酵バター、極太の国産白アスパラガスの缶詰、大粒のイチゴ……これが『最後の晩餐《ばんさん》』だ。

そう。これが僕の人生で最後の食事になるのだ。今夜はこれを食べて眠り、あしたの朝、あの世へと旅立つのだ。大勢の人たちを道連れにして、辛《つら》いことばかりだったこの人生とお別れするのだ。

目の前にある冷凍庫のガラスに僕が映る。

えっ？　この暗い顔をしたおじさんは誰なんだ？

そう考えて、自嘲的に笑う。

小学生だった頃から、鏡に映った自分の顔を見るのが好きだった。きっと僕は極めつきのナルシストなのだろう。

けれど、最近は鏡を見るのが怖くなった。

若い頃には自慢だった容姿は、一日ごとに確実に衰えている。自分でも、それをはっきりと感じる。こんな顔のおじさんに未来はないと、プロダクションの社長が考えたのも当然のことだったかもしれない。

死ね。死ね。死ね。お前なんか、生きていても意味がない。

心の中で、もうひとりの僕が囁《ささや》き続ける。

わかってるって。あしたの朝にはちゃんと死ぬから、そんな急《せ》かすなよ。

もうひとりの僕に、心の中で囁き返す。

2

僕の名は藤井雄太《ふじいゆうた》。三十二歳。新宿の繁華街の外れの古い木造アパートの一室にひとりで暮らしている。一年前まで四つ年下の鈴木愛梨沙《すずきありさ》という俳優と三年ほどのあいだ付き合っていたけれど、彼女と別れてから恋人はいない。

別れてから一年が過ぎた今も、彼女は僕の夢に頻繁に姿を見せる。夢の中の彼女は、いつだって優しく微笑《ほほえ》んでいる。

愛梨沙は顔がとても可愛《かわい》くて、スタイルがいいだけでなく、自分のことより人のことを優先して考えるような心の優しい女性だった。

控えめで淑《しと》やかな愛梨沙のことが、僕は本当に好きだった。いつかは妻にしたいとも思っていた。

愛梨沙のほうも僕のことを好いてくれていたのだと思う。彼女は時間があれば僕のために、手の込んだ料理の数々を作ってくれた。セーターを編んでくれることもあったし、誕生日にケーキを作ってくれたこともあった。

そんな彼女に『別れてほしい』と切り出したのは僕のほうだった。

理由は彼女に対する妬《ねた》みだ。嫉《そね》みだ。

その少し前に、愛梨沙はある映画の主演の相手役に抜擢《ばってき》されて、それから少しずつ有名になっていった。そんな愛梨沙のそばにいると、オーディションに落選してばかりいる自分が惨めに思えてたまらなかったのだ。

僕がオーディションに落ちるたびに、愛梨沙は僕に寄り添い、慰めの言葉をかけてくれた。彼女が無名だった頃には、その言葉に励まされもしたし、彼女を抱きしめて涙ぐんだこともあった。

けれど、彼女が有名になり始めると、僕の受け止め方は少しずつ変わっていった。愛梨沙から『大丈夫だよ、雄太くん』『気にすることないよ』『次があるよ』などと慰めの言葉をかけられるたびに、何となく見下されているように感じるようになり、胸の中に屈辱感や、敗北感のようなものが広がっていくようになったのだ。

心から心配してくれているはずの愛梨沙に、『何が大丈夫なんだっ！』『気休めを言うなっ！』と怒鳴ったこともあった。

僕が別れたいと言った時、愛梨沙は泣きそうな顔をしてその理由を訊《き》いた。

「愛梨沙と一緒にいると辛いんだよっ！　愛梨沙が目の前にいると、自分が惨めになるんだよっ！　だから、目の前から消えてくれっ！」

あの時、僕は部屋中に響き渡るような大声でそう言った。

愛梨沙は大きな目を涙で潤ませ、何か言おうとして唇をわななかせた。けれど、結局、何も言わず、その翌日、三年近くにわたって一緒に暮らしたマンションの部屋を出て行った。

その直後に、僕はその部屋を引き払い、今の安アパートに移り住んだ。ひとりでは家賃の支払いができなくなったから。

僕と別れてから、鈴木愛梨沙はさらに有名になり、テレビドラマや映画だけでなく、バラエティ番組にもしばしば出演している。最近はビールのＣＭでも彼女の姿を見かけるようになった。

テレビに愛梨沙が映るたびに、懐かしさのような思いが全身に広がる。天使のような彼女と暮らした月日は、僕にとって宝物だった。

　それでも、性格の悪い僕は、妬みと嫉みを募らせるだけで、恋人だった彼女の成功を今も心から喜ぶことができないでいる。

　なぜ、愛梨沙は成功したのに、僕はダメなんだろう？　愛梨沙と僕との違いは何なんだろう？


　あれからずっと、僕はそれを考え続けた。そして、ひとつの結論に達した。

　彼女と僕の違い。それは人間としての内面の違いなのだ。優しくて思いやりのある愛梨沙とは対照的に、僕はとても性格が悪いから、オーディションの審査員たちもそれを見抜いてしまうのだ。

　自分でもわかっているけれど、僕は昔から自分のことばかり考えていて、他者を心から思いやるということができない。

　そう。昔から僕は、有名になりたい、人気者になりたいと、そんなことだけを考え続けているのだ。自分さえよければ、他人などどうでもいいと考えているのだ。

　どうしてそんなふうに考えるようになったのかは、自分でもはっきりとはわからない。

　もしかしたら、ただひとりの息子、ただひとりの孫として、ふたりの両親と四人の祖父母に徹底的に甘やかされ、可愛がられて育ったからなのかもしれない。

いつも注目されていなければ気が済まない男……僕はそういう嫌なやつなのだ。

3

あれはまだ幼稚園に通っていた頃のことだった。

夏のある日、僕は窓ガラスに止まっていた大きな蠅《はえ》を丸めた新聞紙で叩《たた》き潰《つぶ》した。その一撃で、蠅は元の姿をとどめないほどぐちゃぐちゃになって窓ガラスに張りついた。僕は微《かす》かな達成感を覚えながら窓ガラスに顔を寄せ、蠅の死骸をじっと見つめた。

蠅は死んでしまったけれど、飛び出した内臓はガラスの表面でまだひくひくと動いていた。それがひどく生々しかった。

ハエの死骸を見つめているうちに、さっきの高揚感は急激に失われていき、代わりに別の気持ちが湧き上がってきた。

この蠅は生きていることを自覚しないまま殺されてしまったのだ。自分が蠅であるということもわからないまま、たった一度きりの生の時間を終えてしまったのだ。

あの時、幼い僕は『命の儚《はかな》さ』を感じていた。同時に、もし自分が蠅として生まれていたらと想像した。

もし僕が蠅だったら、自分が生きていると思うこともなかったのだろう。自分が蠅として生まれたということも意識しなかったのだろう。

だが、僕は蠅ではなく、人間として生まれた。人間として生を受けたから、人間として自分が生きているということを自覚できる。

あの時、まだ五歳か六歳だった僕は、蠅の死骸を見つめてそんなことを考えていた。

幼い僕はさらに思った。

ほかの動物ではなく人間として生まれたのだから、この蠅のようには生きるべきではない。せっかく人間として生まれたのだから、ただ一度の人生を無為に終わらせるわけにはいかない、と。


特別な人になりたい。有名になりたい。いつもみんなから注目されていたい。死後もいつまでも、人々に覚えていてもらえるような人物になりたい。

その後の僕は、その思いに追い立てられるようにして生きてきた。

そんな人間になるために芸能界での成功を目指そうと決め、僕は高校在学中から芸能プロダクションに所属した。テレビや映画で活躍する俳優になるつもりだったのだ。

絶対に成功できる。きっと有名な俳優になれる。

何ひとつ根拠があったわけでもないのに、若い頃はそう信じて疑わなかった。両親や祖父母に褒められ続けて育ったせいで、いつだって自信満々だったのだ。

けれど、思ったようには、なかなかならなかった。

テレビや映画には何度となく出演した。だが、僕の役はいつも『その他大勢』で、セリフがもらえたことは数えるほどしかなかった。たまにもらえたセリフにしたって、物語の筋書きにはまったく影響しない『どうでもいいもの』ばかりだった。

俳優としての報酬は微々たるものなので、大学を卒業後はずっとアルバイトを続けてきた。ピザの配達員をしたこともあったし、交通誘導員や警備員として働いたこともあった。ビルの清掃員や、コンビニエンスストアの販売員や、居酒屋チェーンの厨房で働いたこともあった。ここ二年ほどは、宅配便会社の倉庫で仕分けの作業に携わっている。

いつかはきっと、日の目を見ることがある……いつかはきっと、認められる日が来る……いつか……いつか……いつか……。

不本意なアルバイトをしながら、ずっとそう思い続けてきた。けれど、いつまで経《た》っても『いつか』は訪れてくれなかった。

実力がないと思って見下していた後輩たちが、ひとり、ふたり、三人と脚光を浴びるたびに、僕は凄《すさ》まじいまでの嫉妬に駆られた。そして、後輩を嫉妬している醜い自分を心の底から嫌悪した。

こんなはずじゃなかった……こんなはずじゃなかった……こんなはずじゃなかった……。

そう考えているあいだにも、月日はどんどんとすぎていった。

4

絶望感に支配されたまま、スーパーマーケットで買い物を続けている。

ついさっきシャンパーニュを買った酒の売り場に戻り、今度は高級なウィスキーのボトルをカゴに入れる。愛梨沙から誕生日にもらったことがある、とても美味しいスコットランドのシングルモルトウィスキーだ。

ふと顔を上げて辺りを見まわす。

周りではたくさんの人々が買い物をしている。けれど、僕に気がつく人は誰もいない。端役とはいえ、今までに何度もテレビや映画に出演してきたというのに、ただひとりとして僕の存在に気づかない。

その当たり前のことに、僕は無力感を募らせる。

もしかしたら、僕は自分が思っているほど特別な存在ではなかったのかもしれない。もしかしたら、森に茂った無数の木の葉の一枚のような、いてもいなくても同じような人間だったのかもしれない。

二十代の後半になった頃から、そんな思いが頻繁に頭に浮かんでくるようになった。けれど、そのたびに、その考えを必死で振り払い、藁《わら》にもすがるような気持ちで僕はオーディションに挑み続けた。

次こそは。次こそは。次こそは。

だが、やはり、認められることはなかった。

オーディションに落ちるたびに、僕はいつも全人格を否定されたような気分になる。『お前なんか、いてもいなくても同じなんだ』と言われているような気がするのだ。

足を止めて買い物カゴを提げたまま、周りにいる客たちを見つめ続ける。

幼い子供を連れた母親がいる……疲れた顔をした中年の女がいる……杖《つえ》を突いた老人と、その妻らしき皺《しわ》だらけの老女がいる……薄汚れた作業着姿の男たちがいる……楽しげに笑っている中年の夫婦がいる……どぎついほどに化粧を施した若い女がいる。

おそらくは、みんな無名の人々だ。無名であるのに、そのことを嘆いたり、悲しんだりしない人々だ。

ああっ、この人たちのように、無名であるということを受け入れて生きられたら、人生はどれほど楽だったろう。『何者かにならなければならない』という強迫観念に追い立てられずに済んだら、どれほど人生は楽しかっただろう。

そして、きょう、ついに、もっとも恐れていたことが現実になった。高校生の頃から所属していたプロダクションの社長から解雇を言い渡されたのだ。

『本当はもっと早く言うべきだったんだが、雄太を見ているとなかなか言い出せなかったんだ』

憐《あわ》れみの浮かんだ目で僕を見つめて社長が言った。

その瞬間、目の前が真っ暗になり、全身から力が抜けていった。

僕は社長に、もう少し頑張らせてほしいと必死で訴えた。けれど、社長は『諦めろ、雄太。お前には伸び代がないんだ』『別の生き方を考えろ。今ならまだ、やり直せる』と、幼い子供に言いきかせるような口調で言っただけで、首を縦に振ることはなかった。

その後のことは、あまりよく覚えていない。気がついたら、僕は自分のアパートで膝を抱え、目に涙を滲《にじ》ませながら、『畜生』という言葉を繰り返していた。

畜生……畜生……畜生……。

奥歯を噛《か》み締めて薄汚れた壁を見つめながら、僕は自分を見捨てたプロダクションの社長を恨み、最後の最後まで僕を認めてくれなかった社会を恨んだ。

それが逆恨みだということはよくわかっていた。けれど、今は誰かを恨まずにはいられなかった。憎まずにはいられなかった。

そして僕は、復讐《ふくしゅう》を思いついた。僕を無視し続けた人々を道連れにして、辛いことばかりだったこの人生と訣別《けつべつ》しようと決めたのだ。

レジの列に並んでいる。目の前にいる赤ん坊を抱いた女の、明るい栗色に染めた髪を見つめながら、ガソリンを入れたペットボトルのことを考えている。

そう。ペットボトルだ。

このスーパーマーケットに来る少し前に、僕は寒さに震えながら、アパートの駐輪場で自分の原付スクーターからガソリンを抜き取り、それを四リットルのペットボトルに移した。あしたの朝、その大きなペットボトルを持って満員の電車に乗り込み、床にガソリンを撒《ま》いてライターで火を点《つ》けるつもりだった。

歯を食いしばって頑張り続けた僕を最後まで認めず、いないかのように無視し続けた人間たちを、地獄に道連れにしてやるのだ。

密閉された車内でガソリンが激しく燃えたら、辺りにはたちまちにして一酸化炭素が充満するだろう。そして、その車内にいる人々はあっという間に一酸化炭素中毒になり、バタバタと床に倒れ伏すことになるのだろう。

間違っている?

言われなくても、わかっている。僕は間違っている。絶対に間違っている。

でも、もうどうでもいい。もう、どうでもいいのだ。

電車の中にいる大勢の人が死に、世間はようやく、大量殺人者である僕の名を知ることになるのだ。僕はついに有名人の仲間入りをするのだ。

前の女の会計が終わり、僕の順番が来る。思った通り、かなりの金額になる。

クレジットカードで支払いをする。通帳にはこれが引き落とせるほどの残金はないはずだが、僕の命はあしたの朝までなのだから、そんなことを考える必要はない。

「ありがとうございました」

レジ係の若い女が視線を向けることもせず、極めて事務的な口調で言う。

5

スーパーマーケットを出た瞬間、冷たい空気が全身をすっぽりと包み込み、僕はぶるっと体を震わせた。

雪はさっきより明らかに激しくなっている。風も強くなったようで、街灯の光の中で激しく雪が舞っている。僕のビニール傘にも、雪が次々と舞い落ちる。

ポケットに入れた使い捨てカイロをしっかりと握り締め、自分のアパートに向かってとぼとぼと歩き始める。

あした死ぬと決めたからか、僕の目にはいろいろなものが新鮮に映る。電柱も電線も、街路樹も、擦れ違う人々の姿も、絶え間なく走っている車も、何もかもが新鮮に見える。路上に転がっているペットボトルや空き缶さえ、今の僕には新鮮で、愛《いと》おしく感じられる。しっかりと見ておけ。これがすべての見納めになるんだ。

寒さに身を震わせて歩き続けながら、自分にそう言い聞かせる。切なくて、寂しくて、辛くって、今にも涙が出てきそうだった。

歩き続けていると、小さな公園の入り口に差しかかった。その公園は僕のアパートのすぐそばだったけれど、これまではそこに足を踏み入れたことは一度もなかった。

公園の土の上には真っ白な雪がうっすらと積もっている。そこには人の姿はなく、足跡もひとつもついていなかった。

その雪に最初の足跡をつけてみたいという、極めて子供っぽい考えから、僕はその公園に初めて足を踏み入れた。

僕は歩いた。初めて月面に立った宇宙飛行士のように、雪の上に初めての足跡を残しながら歩き続けた。

小さな公園の中にはいくつかの街灯があって、その光の中でも強くなり始めた雪が激しく舞っている。光に照らされたその雪を、僕はじっと見つめる。

その時、奇妙な声が耳に入ってきた。

何の声だろう？

真っ白な息を吐きながら、僕は慎重に辺りを見まわした。するとまた、奇妙な声が聞こえた。

どうやら、その声は大きなヒマラヤシーダーの根元に置かれた小箱からのようだった。

辺りは雪に覆われていたけれど、ヒマラヤシーダーの下には雪は積もっていなかった。

少しのあいだ、僕はヒマラヤシーダーの根元に置かれている白い小箱を見つめていた。

それから、真っ白な雪の上に新たな足跡を残しながら、その小箱にゆっくりと近づいた。

また小さな声が聞こえた。やはりその小箱の中に、何かがいるようだった。

僕は小箱のそばに屈《かが》み込み、箱の蓋《ふた》をそっと開いた。

箱の中には茶色の仔猫がいた。白いタオルのようなものにくるまって、小さな体を絶え間なく震わせていた。あまりにも小さいのでネズミのようにも見えたが、間違いなく仔猫だった。きっと誰かが捨てたのだろう。

こんな寒い日に、ひどいことをするやつがいるんだな。

そんなことを思いながら、そっと手を伸ばし、使い捨てカイロで温まっていた指先で仔猫の体に触れた。

猫に触ったのは、たぶん、生まれてから初めてだった。初めて触れた仔猫の毛は、ふわふわとしていてとても柔らかかった。

僕に触れられた瞬間、仔猫がまた小さな声で鳴いた。それはまるで助けを求めているかのようだった。

どうしたらいいんだろう?

ほんの少しのあいだ、僕は考えた。そして、ズボンの左右のポケットの中にあった二個の使い捨てカイロを取り出し、身を震わせている仔猫の小さな体にそっと押し当てた。

「ごめんよ。これくらいしかしてやれないんだ。許してくれよ」

茶色の仔猫を見つめ、小さな声で僕は言った。そして、小箱の紙の蓋を元通りに閉めると、静かに立ち上がった。

僕はあしたの朝には、電車の中で死体になっているのだ。そんな男に、捨てられた仔猫にしてやれることなど、あるはずもなかった。

6

公園を出て自分のアパートに向かって歩きながら、僕は仔猫のことを考え続けた。忘れてしまおうとしたけれど、どうしてもそれができなかった。

もし、誰かに拾われなければ、間もなく仔猫は凍えて死ぬだろう。こんな時間にあの公園を歩く人はいないはずだから、きっと仔猫は助からないだろう。僕が殺した蝿のように、与えられたばかりの命を、あの小さな箱の中で失うことになるのだろう。

でも、もしも……もしも、僕が……。

僕は足を止めた。

その瞬間、目の前に二本の道が見えた。

そう。僕は今、分かれ道に立っているのだ。右の道を行くこともできるし、左の道を選ぶこともできるのだ。右の道と左の道は、間違いなく別のところに通じているのだ。

どうする、雄太？　どうする？　どうする？

だが、それ以上は考えなかった。

次の瞬間、僕は踵《きびす》を返して公園へと向かった。途中からは走った。雪に滑って何度か転びかけたが、足を止めようとは思わなかった。

ヒマラヤシーダーの巨木の根元には、もちろん、まだあの小さな紙の箱があった。僕はその小箱に駆け寄ると、急いで蓋を開き、箱の中の仔猫を抱き上げた。

生まれて初めて抱く猫は、信じられないほどに軽かった。信じられないほどにしなやかで、信じられないほどに柔らかく、そして……信じられないほどに愛おしかった。

ああっ、生きている。生きている。生きている！

体温を保ってやるために、抱き上げた仔猫をダウンジャケットの中に入れ、ジャケットの上からしっかりと抱き締めた。

仔猫を抱き締めて、僕は急ぎ足でアパートへと向かった。ジャケットとウールのセーターのあいだで、仔猫がモゾモゾと動きながら、僕に体温を伝えてきた。そして、その瞬間、僕は生まれて初めて自分以外の誰かのために……この仔猫のために、自分の生の時間を使おうと考えた。

えっ？　生きるつもりなのか？　お前はあしたも生きるつもりでいるのか？

僕の中のもうひとりの僕が尋ね、僕は声には出さずに答えた。

そうだ、生きるんだ。これからは、無名な人間として、森の木の葉の一枚として、しぶとく、したたかに、必死で生きるんだ。

「一緒に生きような……これからは一緒に生きような……生きような……生きような……」

ジャケットの内側の仔猫に向かって、僕はそう呟《つぶや》き続けた。

真っ白な息を吐き出して呟くたびに、全身から余計な力が抜けていくような気がした。

子供の頃からの呪縛を解かれたような気分だった。

ジャケットの上からさらに強く仔猫を抱き締める。僕が助けた仔猫が、小さな声で鳴くのが聞こえる。

いや、僕が仔猫を助けたのではない。この仔猫が僕を助けてくれたのだ。この仔猫が、僕の命を救ってくれたのだ。

愛おしい。

そう僕は感じた。自分以外の者に、そんな感情を抱《いだ》いたのは初めてかもしれなかった。

自宅に戻ったらすぐに、大きなバッグに何枚かの分厚いタオルを敷き、そのバッグに仔猫と使い捨てカイロを何個か入れて、近くにある動物病院に行くつもりだった。きっと獣医師が、次に僕のするべきことを教えてくれるだろう。

神様、ありがとう。

生まれてから一度も信じたことのない神に、僕は心の中で感謝を捧《ささ》げた。

第二話　夏の分岐点『破滅へと続く道』

1

ひどく蒸し暑い真夏の夕暮れ時。

僕は都心の一流ホテル内のイタリア料理店の個室にいる。

僕の右側には父が、左側には母が座っていて、正面には見合い相手の女が、その左右には彼女の父と母が腰掛けている。

男はみんなスーツ姿で、僕の母は和服を着ている。見合い相手とその母親は、どちらも華やかなワンピースを身につけている。

土曜日の夕方ということもあってか、店はかなり混雑している。けれど、僕たちが案内された個室はとても静かで、ほかの客たちの声はほとんど聞こえない。個室だが、広々としていて、天井が高くて、窓が大きくて開放感もある。

黒服を身につけたカメリエーレたちが、僕たちのテーブルに豪華なディナーコースの料理を次々と運んでくる。

まずは数種類の前菜、続いて野菜たっぷりのカルパッチョ、やはり野菜がたくさん入ったスープ、少量のクリームパスタ、さらにはヴォリューム満点の魚料理と肉料理……料理ごとにソムリエの資格を持ったカメリエーレがグラスにワインを注ぎ入れ、その産地や葡《ぶ》萄《どう》の品種、味の特徴などを丁寧に説明してくれる。

ここはイタリア料理店なので、運ばれてくるワインはすべてイタリア産だ。最近は僕もワインには少し詳しくなったが、恵《めぐみ》さんの店で出されるワインはフランスのものばかりだから、イタリアワインのことはそんなによく知らない。いずれにしても、この場にいる者たちは、ワインにはほとんど興味がないように見える。

「本当に素敵なお店ですね。こんな素敵なところに来たのは初めてです」

僕の妻になるかもしれない見合い相手の女が顔を上げ、僕と両親を見つめてにっこりと笑う。その顔はとても可愛らしいし、細く透き通った声も魅力的だ。

「うん。この店はよく接待に使っているんだよ」

僕の父が笑顔で答える。父は『本間《ほんま》建物』の創業者で、今も社長を務めている。

「わたしも本間さんに、何度かここでご馳《ち》走《そう》になったことがあるよ」

今度は見合い相手の父が、やはり満面の笑みを浮かべて言う。彼は『岸田《きしだ》技研』の経営者だ。酒に強くないという彼の顔は赤くなっている。

自分の父親の言葉に、見合い相手の女が「羨《うらや》ましい」と言って笑顔で頷《うなず》く。ほっそりとした手でグラスを持ち上げ、イタリア北部・バローロ産の赤ワインの入ったグラスに、ルージュに光るふっくらとした唇をそっと寄せる。ジェルネイルに彩られた長い爪が美しく光る。


僕の妻になるかもしれない女の名は岸田穂乃果《ほのか》。僕の父の会社の取引先『岸田技研』の社長の娘で、僕よりふたつ下の二十六歳だ。父に雇われている僕と同じように、彼女もまた自分の父親の会社で事務員として働いている。

白いノースリーブのワンピースを身につけた穂乃果は、父に見せられた写真よりずっと美しくて華やかに感じられる。高校までクラシックバレエを習っていたという彼女は、女としては背が高く、とてもほっそりとした体つきをしている。この店にやってきてからずっと、穂乃果はその整った顔に朗らかな笑みを浮かべている。

穂乃果だけでなく、彼女の両親も、僕の父と母も笑みを絶やすことがない。両家ともに、この見合いに乗り気なのだ。

僕の父は穂乃果の両親に、会社での息子の働きぶりを盛んに話している。『まだまだ未熟ですが』とか、『もっと勉強をさせないとならないんですが』などと前置きをしながらも、父は恥ずかしくなるくらい僕のことを褒め続けている。会社で父に褒められたことなんてないから、どんな顔をしていいか僕は困惑する。

ここで食事を始めた頃は、空にはまだ明るさが残っていた。けれど、さっきトイレに立った時に窓の外を覗《のぞ》いたら、都心の明るい空にもいくつかの星が瞬き、満月に近い月が昇っていた。

穂乃果と結婚したら、どんな暮らしが待っているのだろう。

入念な化粧の施された女の可愛らしい顔を見つめて僕は思う。

どんな暮らし？

それを深く考える必要はなかった。彼女との暮らしを想像するのは、とても簡単なことだったから。

『真《ま》っ直《す》ぐに敷かれたレール』『約束された未来』『安定した豊かな暮らし』

そんな言葉が次々と頭に浮かぶ。

「翔馬《しょうま》さん、わたしの顔に何かついていますか？」

僕の視線に気づいた穂乃果が訊く。

「いや、あの……穂乃果さんは綺麗《きれい》だなと思って……」

とっさに僕はそんな言葉を口にし、妻になるかもしれない女が顔を赤らめて微笑んだ。

2

見合いが終わったのは午後八時を少しまわった頃で、岸田穂乃果の父の顔は真っ赤に染まっていた。ふたりで毎晩、晩酌を楽しんでいる僕の両親も、今夜は少し酔っているようだった。

「これから穂乃果さんとふたりだけで、少し話をしたいんですが……穂乃果さん、いいですか？」

そう言って、僕は穂乃果をバーに誘った。この一年ほど行っていないが、以前は毎週のように通っていた店だった。

その誘いに穂乃果は嬉《うれ》しそうな顔で応じてくれた。彼女の両親も、僕の父と母も、『そうだな。ふたりでゆっくりと話をしておいで』と言って、上機嫌で僕たちを送り出してくれた。

穂乃果と僕はホテルの前でタクシーに乗り、かつては僕の行きつけだったバーに向かった。そして、半地下にある薄暗い店の片隅で向き合って、音量を抑えて流されているジャズの音色に耳を傾けながら、チーズやチョコレートや果物をつまみに白や赤のワインを飲んだ。

バーと言ってもそれほど高級なところではなかったから、客の大半は僕たちのような若者だった。

「翔馬さん、若いのにワインに詳しいんですね」

僕が選んだワインを飲みながら、穂乃果が笑みを浮かべて言った。ルージュを塗り直したばかりの唇が妖艶に光った。最初に注文したワインは、フランス東部・ブルゴーニュ地方で採れたシャルドネという葡萄を使った白ワインだった。

「イタリアのワインについてはほとんど知らないんですが、フランスワインだったら少しはわかるんです」

僕もまた笑みを浮かべて答えた。

そう。この一年、恵さんのワインバーに通い続け、彼女からいろいろと教えてもらっているおかげで、今ではワインに少しだけ詳しくなっていた。

「翔馬さんって、優しく笑うかたなんですね。わたし、人見知りをするたちなんで、きょうはすごく緊張していたんです。だけど、翔馬さんの笑顔を見た瞬間に、魔法にかかったみたいに肩の力が抜けちゃいました」

人懐こそうな笑みを浮かべた穂乃果が言った。

穂乃果はすでに僕と結婚するつもりでいるのかもしれなかった。その後の彼女は結婚式の形式や、その時に着るドレスのことや、ハネムーンについて話をした。新居についての話や、自分が産むことになる子供の話までした。

両親に可愛がられて育ったらしい穂乃果は、ひねくれたところや、いじけたところが少しもなく、とても素直で明るくて、優しそうな女だった。結婚したら、いい妻になるのかもしれない。

けれど、僕の心は揺れていた。実は、愛する人がほかにいるのだ。

3

バーのすぐ前の路上でタクシーに乗った岸田穂乃果に手を振って別れたのは、十時半になろうとしている時だった。

穂乃果は別れる直前まで笑みを浮かべていた。その顔は本当に綺麗だったし、可愛らしくもあった。ミニ丈のワンピースから突き出した脚は、長くて、細くて、引き締まっていて、目を離せなくなるほど魅力的だった。

夜になっても蒸し暑さが続いていた。吹き抜ける風は生暖かくて、じっとりと湿り気を帯びているように感じられた。満月に近いあの月は、最後に見た時よりかなり高いところで光っていた。

穂乃果に続いて、僕もやって来たタクシーを止めて乗り込んだ。最初は自分のマンションに帰るつもりだった。だが、後部座席に乗り込んだ僕が運転手に告げたのは、自宅のマンションではなく、恵さんのワインバーの所在地だった。

タクシーの中は冷房が効いていて快適だった。合成皮革のシートにもたれ、僕はサイドウィンドウに映っている自分の顔を見つめた。

僕の名は本間翔馬。二十八歳。大学を卒業後、三年ほど大手の建設会社に勤務したが、今は父が経営する『本間建物』の営業部で働いている。大学を卒業してからずっと、都内のマンションでひとり暮らしを続けている。僕は長男で、妹がひとりいる。妹は父の会社に入ることを断り、都内のＩＴ企業で働いている。

父が持ってきた見合い話に応じたのは、父の顔を潰したくなかったからで、結婚するつもりはほとんどなかった。けれど、岸田穂乃果やその両親と会って話をした今では、僕の心は揺れ始めていた。

この見合い話を断ったら、いったいどうなるのだろう？

夜の都心を走り続けるタクシーの後部座席で、僕はそんなことを思った。きっと、父はかんかんになって怒るだろう。『岸田技研』の社長である穂乃果の父は、『本間建物』との取引をやめるかもしれない。

まったく、面倒なことになっちまったな。

僕は思った。そして、この見合いについて、それ以上は考えるのをやめて、この車の目的地である店を経営している人のことを考えることにした。

そう。その人こそが、僕が本当に愛している人物なのだ。


今からちょうど一年前、こんな蒸し暑い真夏の夜に、僕は自宅マンションのすぐ近くの小さなワインバーに初めて足を踏み入れた。

自宅と最寄り駅のあいだに位置していたから、そこにそのワインバーがあることは以前から知っていた。けれど、入ったことはなかった。ワインというのは高級な飲み物で、若いサラリーマンである自分にはハードルが高いように感じていたからだ。

そんな僕がその店に入ったのは、行きつけの半地下のバーの扉に『臨時休業』の札が下がっていたからだった。

雑居ビルの一階にあるその店は、『Cerise（セリーズ）』というシックで洒落《しゃれ》た看板を掲げていた。

あとで知ったことだが、『Cerise』とはフランス語でサクランボという意味だった。四人が座ったらいっぱいになってしまうようなカウンターと、テーブルがふたつあるだけのこぢんまりとした店だった。

その店のドアを初めて開けた僕を、カウンターの向こうにいた女性が『いらっしゃいませ』と笑顔で出迎えてくれた。

その人が恵さんだった。

彼女は僕よりふたつ年上で、当時は二十九歳だったが、少し童顔だったから、まだ二十代半ばのようにも見えた。彼女は白い半袖のブラウスに、ぴったりとした黒いパンツという恰好《かっこう》で、腰に黒いソムリエエプロンを巻いていた。胸には金色のソムリエバッジが光っていた。

店ではいつもそうなのだが、あの晩も恵さんは長くてつややかな黒髪をポニーテールに束ねていた。整ったその顔には入念な化粧が施され、耳元では大きくて派手なピアスが揺れていた。少し伸ばした手の爪には、あでやかなエナメルが塗り重ねられていた。

薄暗い店内には控えめな音量でクラシック音楽が流れていた。ふたつのテーブルにもカウンターにも小さな花瓶が置かれ、そこにシックな色合いの花が生けられていた。

店はほぼ満員で、僕はひとつだけ空いていたカウンター席に腰を下ろした。客の多くが男性だったけれど、テーブル席には男女のカップルがいた。客たちの全員が僕より年上に見えた。

「お客さま、わたしの店にいらしたのは初めてですね？」

僕の顔を真っすぐに見つめた恵さんが訊いた。

「はい。初めてです」

「何をお出ししましょう?」

恵さんがワインリストを僕に差し出した。

けれど、そのリストに何が書かれているのか、僕にはまったくわからなかった。あの頃の僕が知っていたワインは、『シャブリ』と『シャンパーニュ』ぐらいのものだったが、その名前の由来もまったく知らなかった。

「あの……僕はワインについて、全然知らないんです。だから、あの……何かお勧めがあったらお願いします」

あの晩、僕はおずおずとした態度でそう言った。

「そうですか。お客さまは、どんなタイプのワインがお好みですか?」

恵さんが優しい口調で尋ねた。

「好みって言われても……」

僕は口籠《くちご》った。ワインについては、それほど無知だったのだ。

「酸が強いワインと弱いワイン……苦味のあるワインと、そうでないワイン……辛口のワインと、やや辛口のワイン、やや甘口のワイン、甘口のワイン、極甘口のワイン……白ワインと赤ワインとロゼワイン……スパークリングワインとスティルワイン……果実味の豊かなワインと、ミネラル感があるワイン……それから、そうね……ものすごく高いワインと、それほどでもないワイン。何でもおっしゃってください」

僕を見つめた恵さんが、白い歯を覗かせて楽しそうに笑った。

けれど、僕には相変わらず、何を言われているのかがほとんどわからなかった。

それでも、黙っているわけにはいかず、僕はまたおずおずとした口調で言った。

「そうですね。それじゃあ、あの……酸が少し強めで、そこそこに苦味もある、あの……辛口の白ワインをお願いできますか？　あの……給料日前なんで、あまり高くないワインにしてください」

「わかりました。ちょっとお待ちくださいね」

恵さんが楽しそうにまた笑った。その笑顔はとても親しげで、僕の緊張はたちまちにして解けていった。

すぐに彼女が僕の前に置かれたバルーン型のグラスに、薄い黄金色をしたワインを注ぎ入れてくれた。ワインを注ぎながら、恵さんはその産地や葡萄品種、その葡萄が収穫された年などを説明してくれた。

それは馴染《なじ》みのない単語ばかりで、あの時の僕には恵さんが何を言っているのか少しも理解できなかった。それはまるで異国の言葉を聴いているかのようだった。

けれど、今ならわかる。恵さんの店で初めて飲んだワインはアルザス・ピノグリ。三年前の秋にフランス北東部のアルザス地方で収穫された白ワインで、葡萄品種はピノグリだった。ピノグリはイタリアでは、『ピノ・グリージョ』と呼ばれていた。

あの晩、僕は目の前のグラスを恐る恐る持ち上げ、グラスから立ち上るワインの香りを何度かそっと嗅いでから、グラスの縁にやはり恐る恐る唇をつけた。

「いかがですか?」

恵さんが少し心配そうに僕の目を見つめた。その顔は少女のようにも見えた。

「美味しい。今まで飲んだワインの中で、いちばん美味しいです」

僕は言った。それは正直な言葉だった。

「よかった」

恵さんがとても嬉しそうに笑った。

その瞬間、僕は激しくときめいた。それはまさに一目惚《ぼ》れだった。

年上の女性を好きになったのは、覚えている限りでは初めてだった。

いや、あの時にはまだ、彼女が年上だということは知らなかったのだけれど。

あの晩、時間の経過とともに客の姿は少なくなり、僕は恵さんとぽつりぽつりと言葉を交わすようになった。

香椎《かしい》恵と名乗った彼女はワインバー『Cerise』の経営者で、その店をひとりで切り盛りしているようだった。彼女はソムリエの資格だけでなく、日本酒やチーズに関する資格も持っていた。

恵さんはとても美しい人で、目が大きくて、鼻の形がよくて、顎がシャープに尖《とが》っていた。身長は百六十センチほどだったが、高身長のモデルのように手足が長く、ほっそりとしていてスタイルが抜群だった。

優しそうな顔立ちだったけれど、恵さんはいつも毅然としていて、少し低い声で静かに話をした。白いブラウスの上からでも胸の膨らみはほとんどないように見えた。ワインの香りの邪魔になるからという理由で、店では香水やオーデコロンをつけないようにしているということだった。

『Cerise』に初めて足を踏み入れたあの晩、僕はワインについてたくさんの質問をし、恵さんはその問いかけのひとつひとつに、とてもわかりやすい言葉で丁寧に答えてくれた。それで僕は、ワインの個人講習を受けているような気分になったものだった。

「ワインって、とても奥が深いんですね」

「そうかもしれないけど、あまり難しく考える必要はないのよ。飲んだ人が美味しいと思えばそれでいいんだから」

僕の目を覗き込むようにして恵さんが言い、僕はその言葉に笑顔で頷いた。

心臓が激しく高鳴っていた。その時にはすでに、僕は完全に恵さんに魅了されてしまっていたのだ。

4

それからの僕は毎晩のようにワインバー『Cerise』に通った。店は恵さん目当てらしい男性客でいつもかなり混雑していた。

恵さんはとても聞き上手で、さまざまなことを尋ねてきたから、僕は自分のことをいろいろと話した。たいして面白くもないはずの僕の話を、いつも恵さんは優しい笑みを浮かべて聞いてくれた。

ワインについての質問には丁寧に答えてくれたけれど、恵さんは自分自身についてはあまり話したがらなかった。僕がようやく彼女から聞き出したのは、出身地が北海道の函館市だということと、ふたりの姉がいるということぐらいだった。

きっと奥ゆかしい性格なのだろう。

僕はそう思った。その奥ゆかしさにも好感が持てた。

恵さんも僕のことを気に入ってくれたように感じられた。ほかの客がいない時には、『これはサービス。味見をしてみて』と言って、僕のグラスにとても高価なワインをほんの少しだけ注いでくれることもあった。

　ワインバー『Cerise』に行くことが、僕の最大の楽しみになった。僕は毎晩、弾むような足取りでその店に向かったものだった。

　店に通い続け、恵さんのワイン講習を聴き続けるうちに、僕はだんだんと自分の好みがわかるようになっていった。僕が好きなのは酸味の強い辛口の白ワインで、まだ果実味が感じられるフレッシュなもののようだった。

「本間さん、たちまちワイン通になったよね」

　恵さんにそう言われた時には、僕は嬉しくて飛び上がりたいような気持ちになった。

　定休日の晩に一緒に食事をしないかと彼女を誘ったのは、店に通い続けて三ヶ月ほどがすぎた秋の日のことだった。

　断られるかもしれないと思っていた。いつも毅然としていて、とても凛《りん》としている恵さんは、客にすぎない男と個人的に交際するような人物には見えなかったからだ。

　だが、恵さんはその誘いに『いいよ』と言って笑顔で応じてくれた。『Cerise』の定休日は水曜日だった。

　その言葉に、僕はまた舞い上がった。

やがてタクシーがワインバー『Cerise』のすぐ近くで停車した。時刻は十一時をまわっていた。支払いを済ませた僕は、ゆっくりと店に歩み寄った。

少し離れたところで足を止め、ガラス越しに店内を覗き込む。

カウンターに座った客の男と話をしている恵さんの姿が見える。週末ではあったけれど、時間が遅いせいか、客はその男だけのようだった。

今夜も恵さんの左の薬指には、ダイヤモンドの指輪が嵌《は》められていた。

僕は店に入ろうとした。けれど、ドアのすぐ前で足を止め、随分と長いあいだそこに佇《たたず》んだ末に、結局、店には入らず、踵を返して自分のマンションへと向かった。

どんな顔をして恵さんに会えばいいか、わからなかったのだ。

相変わらず蒸し暑かったけれど、月はさらに高いところに昇っていた。ここは郊外だったから、都心に比べるとたくさんの星が見えた。

自宅に向かって歩きながら、僕は恵さんのことを考え続けた。そして、こんなにも好きな人がいるのに見合いの話に応じた自分を、とんでもなく卑劣な人間だと思ったりもした。

5

恵さんと初めてデートをしたのは十一月上旬の水曜日の夜で、会社帰りの僕はスーツ姿だった。

約束の場所にすでに恵さんはいた。

初めて見る恵さんの私服姿に、僕はいつも以上にときめいた。

あの晩の彼女は白いサテンのブラウスの上に洒落たチェックのジャケットを身につけ、細い腰に張りつくような黒い膝丈のスカートを穿《は》いていた。足元は、歩くのが難しいほど踵《かかと》の高い黒いパンプスだった。いつもはポニーテールにしている長い黒髪を、あの晩は背中に無造作に垂らしていた。オープントゥのパンプスの先から、派手なエナメルを塗り重ねた爪が覗いていた。

あの晩、僕たちは洒落たフランス料理店の窓辺のテーブルに向き合って食事をした。インターネットで調べて、僕が予約した店だった。

恵さんはワインに詳しいのに、店のスタッフにそれをひけらかすようなことはせず、すべてのワインをソムリエの選択に委ねていた。その姿も、僕にはとても奥ゆかしく感じられた。

あの店のソムリエはあの晩、シャンパーニュ地方の発泡ワイン、ブルゴーニュ地方の白ワイン、ロワール地方の赤ワイン、ボルドー地方の赤ワインという順番でワインを運んできた。

たくさんの高級ワインを飲んだので、支払いはかなりの額になりそうだったが、僕はそれをクレジットカードのボーナス払いで支払うつもりでいた。

いつものように、あの晩も、恵さんと僕はワインの話をした。本当は恵さんの身の上話に興味があったのだが、彼女はそれを話してはくれなかった。

食事が終わり、極甘口の赤ワインと一緒にデザートを食べている時に、僕はひどく緊張しながら恵さんに結婚を前提にした交際を申し込んだ。

「結婚？　それは無理よ。できないわ」

恵さんが即答し、僕は激しく落胆した。頭の中が真っ白になったような気がした。

「できないって……どうしてですか？」

呻《うめ》くように僕はそう口にした。

だが、答えはわかっていた。恵さんは僕を自分の結婚相手に相応《ふさわ》しいとは思っていないのだ。

「とにかく、できないの。この話はこれで終わり」

きっぱりとした口調で恵さんが言った。「でも、そう言ってくれて、すごく嬉しかった。ありがとう」

「どうしてできないんですか？　恵さんは僕が嫌いですか？」

恵さんの『嬉しかった。ありがとう』という言葉に縋《すが》るようにして、僕はようやくそう尋ねた。

「本間さんのことは好きよ。そうね……大好きかもしれない」

悲しそうな顔をした恵さんが言った。彼女のそんな顔を目にしたのは初めてだった。

「だったら、どうしてダメなんですか？　僕は恵さんが大好きで、恵さんも僕が好きなら、ダメな理由はどこにもないじゃないですか」

恵さんから『大好き』と言われたことにさらなる力を得て、少し強い口調で僕は言った。

「本間さんは好きだけど……ものすごく好きだけど。でも、本間さんとわたしは、結婚ができない運命なの。というより、わたしは誰とも結婚できないのよ。だって……」

恵さんがさらに悲しげな顔をした。


そして、あの晩、僕は恵さんから、戸籍上の自分の性別は男なのだと打ち明けられた。

一瞬、耳を疑った。目の前にいるのは、どこから見ても、とても美しくて魅力的な女性だったから。

「冗談でしょう？」

強《こわ》ばった顔に無理やり笑みを浮かべて僕は尋ねた。

「冗談でこんなこと言わないわよ」

思い詰めたような顔をした恵さんが呟くかのように言うと、自分のバッグを探って自動車運転免許証を取り出した。「ほら、これを見て」

僕は恵さんが差し出した免許証を受け取り、そこに視線を落とした。

写真は目の前にいる恵さんのものだった。写真の恵さんは、あの凛とした表情でカメラのレンズを真っ直ぐに見つめていた。けれど、免許証に記載されている『香椎恵一郎《けいいちろう》』という名は明らかに男のものだった。

「けい……いちろう……」

呻くように僕は呟いた。その固有名詞が、ひどくざらついたものに感じられた。

「これでわかったでしょう？　だから、この話はこれで終わりよ。ほかのお客さんに、このことは絶対に言わないでね」

僕は無意識のうちに首を左右に振り動かした。信じられなかった。目の前にいるのは、どこからどう見ても、美しくて魅力的な女だった。

「恵さん……信じられないよ。あの……僕にはどうしても信じられないよ」

喘《あえ》ぐかのように僕はそう口にした。悪い夢を見ているみたいな気がした。

「信じられないかもしれないけど、事実なの。わかって」

思い詰めたような顔をした恵さんが言い、僕はまた首を左右に振り動かした。

しばらくの沈黙があった。少し重苦しく感じられる沈黙だった。

その沈黙を破ったのは恵さんだった。

「それじゃあ……そうね。本間さんが信じられるように、証拠を見せてあげようか」

恵さんが僕の目をじっと見つめて言った。その顔には決意のような表情が浮かんでいた。

「証拠って……」

「見たい？」

怖いほど真剣な顔をして僕の目を見つめ、静かな口調で恵さんが訊いた。

その言葉に、僕は曖昧に頷いた。どういうわけか、全身の皮膚が鳥肌に覆われた。

6

フランス料理店の支払いは恵さんがした。僕が払おうとしたのだが、彼女はどうしてもそれをさせてくれなかった。

恵さんはクレジットカードではなく現金を使った。

「こういうところでは、クレジットカードを使いたくないの。恵一郎って書いてあるから」

何も尋ねていないのに、恵さんがそう言った。

僕たちは店のすぐ前からタクシーに乗った。恵さんが中年の女性運転手に行き先を告げ、タクシーは繁華街の外れ、ホテルが林立している地区へと向かった。

僕はひどく戸惑っていたが、胸を高鳴らせてもいた。これから何を見ることになり、何をすることになるのか、僕には想像することさえできなかった。

タクシーの中で恵さんは何も喋《しゃべ》らなかった。彼女は背筋をまっすぐに伸ばし、毅然とした顔をして前方を見つめていた。

恵さんが何も言わないので、僕もまた口を開くことはしなかった。

「ここで止めてください」

恵さんが運転手に告げたのは、車が走り始めて十五分ほどがすぎた頃だった。その言葉に応じて、女性運転手がタクシーを止めた。派手なネオンを輝かせているホテルの前だった。

タクシー代の支払いも恵さんが現金でした。釣り銭を断った恵さんが先に車を降り、僕もそのあとに続いた。

恵さんの身長は百六十センチほどだったが、パンプスの踵が十五センチ近くあったから、その夜の僕たちの頭はほぼ同じ高さに位置していた。

そのホテルの室内はけばけばしい雰囲気ではなく、明るくて、清潔で、広々としていて、窓がないことを除けばリゾートホテルの一室のようにも感じられた。

「それじゃあ、証拠を見せるね」

さりげない口調で恵さんが言い、僕は黙ったまま小さく頷いた。

すぐに恵さんがチェックのジャケットと光沢のある白いサテンのブラウスをそっと脱ぎ捨てた。恵さんはブラウスの下に洒落た純白のブラジャーをつけていた。

僕は瞬《まばた》きの間さえ惜しむようにして、恵さんを凝視していた。心臓が一段と激しく高鳴っていた。いつの間にか、口の中はカラカラになっていた。恵さんは透き通るように白い肌の持ち主だった。

ブラウスを脱いだ恵さんがほっそりとした腕を背中にまわし、純白のブラジャーをためらうことなく外した。

僕は思わず息を呑《の》んだ。

ブラジャーが外されたことによって、ほんの少しの膨らみしかない乳房が姿を現した。それはまるで思春期を迎えたばかりの少女のようだった。乳房だけでなく、その中央の乳首もとても小さかった。乳房の周りと脇腹の部分に、ブラジャーの跡がうっすらと残っていた。

恵さんの体は薄っぺらで、ウェストの部分は驚くほど細くくびれていた。臍《へそ》には金色の小さなピアスが嵌められていた。

上半身裸になった恵さんが僕を見つめた。

「豊胸手術をすることも考えたことがあるけど、結局、しなかったの」

ひとりごとのように恵さんが呟いた。

確かに、胸の膨らみは、ほんの少ししかなかった。けれど、僕の目にはやはり、目の前にあるのは女性の肉体に見えた。

続いて恵さんが黒い膝丈のタイトなスカートのホックを外し、腰を屈めるようにしてそれを脱いだ。薄いパンティストッキングの向こうに、純白の小さなショーツが透けて見えた。

「それじゃあ、いよいよ証拠を見せるね」

そう言うと、恵さんが再び腰を屈めてパンティストッキングを脱ぎ、さらにはショーツに指をかけ、それをそっと引き下ろして脚から抜いた。そして、腰を伸ばして直立し、体の脇に垂らした腕を少しだけ左右に広げて、茫然《ぼうぜん》と立ち尽くしている僕と真っすぐに向き合った。

僕は再び息を呑んだ。

恵さんの股間には毛が一本も生えていなかった。そして、そこに小さな陰茎が垂れ下がっていた。

いや、陰茎には見えなかった。それは本当に貧弱で、僕の親指ほどもなかった。睾丸はないように見えた。

「タマタマは手術で摘出したの」

少し顔を強ばらせた恵さんが、また呟くかのように言った。「本間さん、これでわかったでしょう?　わたしたちは絶対に結婚はできないの」

僕は恵さんの裸体をまじまじと見つめ続けた。

おぞましさは微塵《みじん》も感じなかった。それどころか、妖しいほどにその美しい裸体に激しく高ぶった。

そう。恵さんの裸体は美しかった。崇高でさえあった。その肉体には加えなければならないところも、削らなければならないところもまったくなく、男と女の優れたところだけを選んで創造されたようにも感じられた。

「綺麗だ、恵さん……ものすごく……ものすごく綺麗だ……」

恵さんの裸体を見つめ喘ぐように言うと、僕は恵さんに歩み寄った。そして、二本の腕を真っすぐに伸ばし、ほっそりとしたその体をそっと抱き締めた。

恵さんの体はひんやりとしていた。その皮膚は驚くほどに滑らかで柔らかかった。

抱き締められても、恵さんは腕を振り払おうとはしなかった。

そのことに力を得た僕はわずかに腰を屈め、恵さんの唇に自分のそれを重ね合わせ、口の中に舌を深く差し込んで貪《むさぼ》るかのような激しいキスをした。それだけでなく、右手を恵さんの胸に伸ばし、ほとんど膨らみのないそれを夢中で揉《も》みしだいた。

恵さんはやはり抗《あらが》わなかった。華奢《きゃしゃ》な体をわずかによじり、僕の口の中に微かな呻きを漏らしただけだった。

「抱きたい?」

長いキスをようやく終えた僕の目を見つめて恵さんが訊いた。

「いいんですか?」

恵さんの目をじっと見つめて僕は訊き返した。気がつくと、僕の股間では男性器が急激な膨張を始めていた。

「いいわよ」

唇を光らせて恵さんが言った。その唇に、僕はまた自分の唇を重ね合わせた。

7

それまでに僕は大学時代の恋人だった女性と、何度となく性的な関係を持ったことがあった。けれど、恵さんのような人にどんなふうに接すればいいのかがわからなくて、あの晩の僕はかなり戸惑っていた。

だが、その心配は杞憂《きゆう》に終わった。恵さんが僕を導いてくれたからだ。

あの晩、すでに全裸になっていた恵さんが、僕にも裸になるようにと言った。そして、僕が慌ただしく服を脱ぎ、下着を脱ぎ捨てるのを待って、床に仁王立ちになっている僕の足元に跪《ひざまず》いた。

恵さんの顔のすぐ前では、硬直した男性器がほとんど真上を向いてそそり立っていた。

「あの……恵さん……いいんですか？」

恵さんを見下ろして、僕はおずおずと尋ねた。恵さんは僕を見上げたけれど、少し微笑んだだけで返事をしなかった。

すぐに恵さんがあでやかなルージュに彩られた唇を、いきり立っている男性器にすっぽりと被《かぶ》せた。そして、大きな目をしっかりと閉じ、頬をへこませ、細く描かれた眉のあいだに小さな皺を寄せながら、顔を前後にゆっくりと動かし始めた。

息苦しくなるほどに胸を高鳴らせながら、僕はそんな恵さんの顔を真上から見下ろしていた。

すぼめられた恵さんの唇から、唾液にまみれた男性器が規則正しく出たり入ったりを繰り返しているのがよく見えた。唇の端から溢《あふ》れ出た唾液が床に滴り落ちるのも見えたし、大きなピアスがブランコのように絶え間なく揺れるのも見えた。

悩ましげに歪《ゆが》められた恵さんの顔は、ふだんの凜とした彼女からは想像できないほど官能的なものだった。

「恵さん、好きだ……好きだ……好きだ……」

無意識のうちに、僕はそんな言葉を繰り返した。

この人は、本当は男なんだぞ。僕たちがしていることは、とてもアブノーマルなことなんだぞ。それがわかっているのか。

込み上げる快楽の中で、僕はぼんやりと思った。けれど、そのことによって、快楽が減じられるようなことは少しもなかった。

そう。僕はかつてないほど強い性的快楽を覚えていた。今、僕が感じている快楽は、恋人だった女性の口に男性器を押し込んでいた時とは比べ物にならないほどに強烈なものだった。

凄まじいまでの快楽に駆られて我を忘れた僕は、両手で恵さんの黒髪をがっちりと、髪が抜けてしまうほど強く鷲掴《わしづか》みにした。そして、恵さんの顔をさらに速く、さらに激しく、さらに荒々しく前後に打ち振らせた。

硬直した男性器の先端が喉を突き上げるたびに、恵さんが顔を歪め、「うっ」「むっ」という呻きを漏らした。苦しげに歪んだその顔と、絶え間なく耳に飛び込んでくる呻き声に、僕は異様なまでに高ぶった。

いったい、どれくらいのあいだ、恵さんにオーラルセックスを強《し》いていたのだろう。やがて、快楽がどんどんと高まり、僕は両手で恵さんの髪を鷲掴みにしたまま、彼女の口の中におびただしい量の体液をどくどくと注ぎ入れた。

男性器の痙攣《けいれん》が収まるのを待って、僕はそれを恵さんの口から引き抜いた。唇と男性器のあいだで、透明な唾液が長い糸を引いて光った。

涙の浮かぶ目で、恵さんが僕の顔を見上げた。尖った顎先で、唾液が大きな雫《しずく》を作っていた。

「吐き出してください」

僕は言った。けれど、恵さんは口の中の液体を何度かに分けて嚥下《えんげ》してくれた。喉の鳴る小さな音が何度か聞こえた。

8

「本間さん、今度はお尻の穴でしてみる?」

オーラルセックスの直後に恵さんが訊いた。その顔が上気して赤らんでいた。

僕がためらいがちに頷くのを見た恵さんは、自分のバッグからチューブに入ったジェル状のローションを取り出し、透明なそれを自分の肛門に塗り込んだ。その後は、あでやかなエナメルに彩られた細い指で、力をなくしてぐんにゃりとなっている僕の性器にもローションをたっぷりと塗り始めた。

恵さんの手に触れられたことで、僕の性器はまたしても急激な膨張を開始し、あっと言う間に石のように硬直した。

「本間さん、元気ね」

そう言って笑うと、恵さんが大きなベッドの上に仰向《あおむ》けになった。そして、ほっそりとした二本の腕で自分の左右の腿《もも》を抱きかかえ、脚をいっぱいに広げるような姿勢を取った。

そのことによって、子供のように小さな臀部《でんぶ》が上を向き、菊の花みたいな形をした小豆色の肛門が丸見えになった。『摘出した』という言葉の通り、そこにはあるべきはずの睾丸が見当たらなかった。

「いいわよ。来て」

ベッドの脇に立ち尽くしている僕に恵さんが言った。

僕は無言で頷くと、ゆっくりとベッドに上がった。いきり立ったままの男性器がメトロノームみたいに左右に揺れた。

ベッドに上がった僕は、込み上げる唾液を飲み込んでから、強い硬直を保ったままの男性器の先端を恵さんの肛門にあてがい、腰を突き出すようにして挿入を開始した。

本当に入るのだろうかと思っていた。けれど、恵さんの手首より遥かに太い僕の性器は、ローションにまみれた恵さんの肛門をあっけなく押し広げ、直腸の内側の壁を強く擦《こす》りながら、彼女の中にずぶずぶと沈み込んでいった。

「んっ……あっ……ああっ……」

男性器の挿入を受けた恵さんがわずかに口を広げ、大きな目をいっぱいに見開いて僕を見つめた。

恵さんのそんな顔を目にしたのもまた、僕にとっては初めてだった。恵さんの吐き出す湿った息が、僕の顔に何度も吹きかかった。

男性器が恵さんの中に根元の部分まで埋没すると、僕はしばらく動かずにいた。肛門が何度となく収縮を繰り返し、男性器を強く締めつけた。それは女性との性交とは、少し感覚の違うものだった。

「好きだよ、恵さん。好きだよ」

真下にある恵さんの顔を見つめてそう言うと、僕は恵さんの唇に、再び自分のそれを重ね合わせた。そして、その唇を飢えた赤ん坊のように激しく貪りながら、腰を前後に荒々しく打ち振り始めた。

僕が腰を突き出し、男性器が直腸内を深々と貫くたびに、恵さんが僕の背を抱き締め、僕の口の中にくぐもった呻きを漏らした。ふたりの歯が何度となく、硬質な音を立ててぶつかり合った。


あの晩、恵さんは、いつもの毅然としている姿からは想像できないほど激しく乱れ、唾液にまみれた口から絶え間なく声を上げた。

「好きだ……恵さん……好きだ……好きだ……好きだ……」

恵さんの黒髪を鷲掴みにして腰を打ち振り続けながら、僕は何度もそう口にした。

「わたしも好きよ……あっ、好きっ……好きっ……あっ……あっ……大好きっ……」

悩ましげに顔を歪めた恵さんが、僕の言葉にそう応じた。

僕は今、男の肛門に性器を挿入しているんだ。これもまた、とてもアブノーマルなことなんだ。とてもおぞましいことなんだ。

夢中で腰を振り続けながら、またそんなことを考えた。けれど、やはり、性的興奮が減じることはなかった。いや、それどころか、僕はかつてないほどに興奮していた。恋人との性行為で、それほど興奮したことはなかった。

そしてあの晩、僕は恵さんの口に続いて、直腸の奥深くにも多量の体液を注ぎ入れた。

9

それからも僕はワインバー『Cerise』に毎日のように通い続けた。それだけでなく、店が休みの水曜日には恵さんと一緒に買い物をしたり、映画を見たり、ワインの飲める店で食事をしたりした。

食事の後は必ずホテルに行き、お互いに我を忘れて夢中で抱き合った。

最初こそ戸惑っていたけれど、男として生まれた恵さんとの行為に僕はすぐに慣れた。

そして、ベッドに俯《うつぶ》せになった恵さんの背中に身を重ねて肛門に男性器を挿入したり、四つん這《ば》いの姿勢を取ってもらって背後から挿入したり、僕の上に椅子に座るようにして乗った恵さんの肛門に男性器を挿入したりした。


いつだったか、百貨店の宝石売り場で、僕は恵さんのためにダイヤモンドの指輪を買った。そして、次に会った時、食事のあとでそれを恵さんに手渡した。

「そんな高いもの、受け取れないわ」

恵さんはそう言いながらも、ついにはそれを受け取ってくれた。

僕はその指輪を彼女の左の薬指に嵌めた。婚約指輪のつもりだった。

「いつか結婚しよう。僕は恵さんと家族になりたい」

あの時、僕はそう口にした。

「だから、それは無理。そんなこと、絶対にできないんだって。わたしはこのままで充分よ」

恵さんはそう言って笑った。

性別適合手術を受けていない恵さんは、この国の法律では僕とは結婚できなかったからだ。

僕にしたって、結婚に対するこだわりはあまりなかった。このままの時間がずっと続けばいいと思っていたから。

だが、そんなある日、父が岸田穂乃果との見合いの話を持ってきた。

その数日後の夜、ホテルでの性行為のあとで、僕は恵さんに見合いの話があると打ち明けた。

「そうなの」

呟くように恵さんが言った。その直後に、顔を歪めるようにして笑った。その姿は、必死で平静を装っているように僕には見えた。

「恵さん、僕は……どうしたらいいんだろう？」

シェイドランプの柔らかな光に照らされた恵さんの顔を見つめて僕は言った。

「わたしに尋ねることじゃないでしょう。本間さんの人生なんだから、本間さんが自分で決めて」

わざとらしいほど素っ気ない口調で恵さんが言った。「でも、本間さんが結婚したら、わたしたちの関係はそれで終わりね」

「終わりなの？」

僕は恵さんの顔を見つめ続けた。激しい性行為のために、化粧が崩れてしまっていた。だが、それにもかかわらず、恵さんは美しかった。年上だったけれど、可愛らしくもあった。

「奥さんがいる人と関係は続けられないわ。奥さんに申し訳ないもの。わたし、誰も傷つけたくないの。わたし自身も、もう傷つきたくないし……だから、本間さんが結婚したら、わたしたちの関係は終わりよ」

自分に言い聞かせるかのように恵さんが言い、僕は神妙な顔をして小さく頷いた。


どうするんだ、翔馬？　お前自身はどうしたいんだ？

『Cerise』の前を離れ、自宅のマンションに向かっているあいだずっと、僕は自分にそう問い続けていた。

恵さんのことは本当に好きだった。大好きだった。

けれど、この見合い話を断り、恵さんとの関係を続けるのは、僕の人生にとってあまりにリスクが高いように感じられた。

それはわざわざ茨《いばら》の道を選んで進んでいくことのように……もっと言えば、破滅に向かって歩いていくようなものに思われた。

10

『Cerise』のカウンターの中で接客を続けている。と言っても、この時間まで店に残っているのは加藤《かとう》さんという常連の中年男性だけだったから、やるべきことはほとんどなかった。

きょうのわたしは何をしていても落ち着かなかったし、集中ができなかった。客が『ブルゴーニュのワインを』と言ったのにボルドーのワインをグラスに注いでしまったり、カマンベールチーズを注文されたのにゴーダチーズを出してしまったり、客に尋ねられたことを聞き逃し、慌てて訊き返したりということを繰り返していた。

わたしがぼんやりとしていたのは、ほかでもない。本間翔馬のことばかり考えていたからだ。

彼はきょう、都内のホテルで見合いをしていたはずだった。

一時間ほど前、ふと顔を上げたら、店のすぐ前の街路灯の光の下に、その彼がスーツの上着を小脇に抱えて佇んでいるのが見えた。

えっ。来てくれたの？

わたしは猛烈に胸を高鳴らせた。彼が『見合いは断ってきたよ』と言いに来たのかと期待したのだ。

『親父の会社の大切な取引先の娘だから、断りきれずに会うだけだよ。その子と結婚するつもりなんて、さらさらないよ。僕が好きなのは恵さんだけなんだ。だから、心配しないで』

最後に会った時、彼はわたしにそう言った。

『いいのよ。わたしのことは気にしないで。その人が気に入ったら、わたしに遠慮しないで、結婚していいのよ』

素っ気ない口調でわたしは彼に言った。

けれど、本当は悲しくて、辛くって、胸が押し潰されそうだった。

彼に結婚なんて、してほしくなかった。わたしとの関係を続けてもらいたかった。わたしは彼のことが本当に好きだったから。

街路灯の光に照らされて佇んでいる彼は、わたしの店に入ってくるのだろうと思った。

そして、彼が店のドアを開けたら、平静を装って『こんばんは、本間さん』と笑顔で声をかけるつもりでいた。

彼はとても長いあいだ、街路灯のすぐそばに立ってこちらを見つめていた。

早く入ってくればいいのに。

わたしは胸を高鳴らせ続けた。

けれど、彼はついに店に入ってくることはせず、店に背を向けて歩き出してしまった。

そのことに、わたしは激しく動揺した。脚から力が抜けて、その場にしゃがみ込んでしまいそうだった。

きっと見合いの相手と結婚することに決めたんだ。彼とはもう会えないんだ。これで終わりなんだ。

わたしは思った。今にも涙が出てきそうだった。

「恵さん、今度はタンニンの強いシラーが飲みたいから選んでもらえるかな。それに合わせる簡単なおつまみも欲しいな」

動揺を続けているわたしに、カウンターに座った加藤さんが言った。

「タンニンの強いシラーですね。かしこまりました」

わたしはそう答えて微笑んだ。

いや、微笑もうとしたのだけれど、顔の筋肉がひどく強ばっていて、自然に微笑むことができなかった。

ああっ、わたしはどうして、男の体を持って生まれてしまったのだろう。神様はどうして、こんな意地悪をしたのだろう。

ロワール地方の赤ワインのボトルからソムリエナイフでコルク栓を抜きながら、わたしはそんなことを考えていた。

栓が抜ける瞬間、ボトルを握っていた左の薬指で、指輪のダイヤモンドが強く光った。

11

今でこそ、わたしは自分の考えをはっきりと口にし、誰かにおもねるようなことは決してせず、いつも凜として、堂々と、毅然として生きている。

わたしはブレない人間なのだ。

けれど、故郷の函館にいた頃のわたしは、今とは正反対と言ってもいい性格だった。

あの頃のわたしは、いつもおどおどとしていて、他人の顔色ばかり窺《うかが》っていて、言いたいことも口にせずに生きていた。

わたしがそんなふうにしか生きられなかったのは、隠し事があったからだ。

人には決して知られてはならない隠し事……それは、戸籍上の性別と、本当の性別が異なっているということだった。

『Cerise』のショップカードに、わたしは『香椎恵』という名前を記載している。客たちもわたしを『恵さん』と呼んでくれる。

わたしが女だということに疑いを持っている客は、たぶん、誰ひとりいないだろう。

けれど、自動車運転免許証や健康保険証に記されているわたしの名は、『香椎恵一郎』だった。

公的な書類に性別を記載しなければならない時には、しかたなく『男』と書いている。

わたしが記載した性別を見た相手が、『おやっ』という顔をする場面を、今までに何度か経験してきた。興味津々という顔をした相手にジロジロと見つめられ、『香椎さん、本当に男性なのですか?』『性別欄の記載に間違いはありませんか?』と言われたこともある。

そういう時、わたしは顔色を変えず、『はい。女性に見えると思いますが、戸籍上の性別は男性です』と、しっかりとした口調で答えている。そう言わないと、とてもややこしいことになるとわかっているから。

わたしが生まれた時、両親は『これで跡取りができた』『お墓を守ってくれる子ができた』と言って歓喜したのだという。

祖父母にあたる母の両親も、男の子の誕生を喜んだ。母は四人姉妹の長女で、『香椎』の家を守るために父を婿にとったのだ。

わたしの初めてのお節句に、両親は高価な五月人形を買ってくれたし、祖父母はとても大きくて立派な鯉《こい》のぼりを買ってくれた。五歳の七五三は大勢の親戚を招いて盛大に祝ってくれた。それはふたりの姉たちが『恵一郎ばっかりずるい』と嫉妬するほどだった。

けれど、わたしは幼い頃から、自分の性別に違和感を抱いていた。

わたしも姉たちのように髪を伸ばして、リボンをつけたかった。姉たちのように可愛い衣類を身につけたかったし、スカートを穿きたかった。人形で遊びたかったし、ままごともしたかった。

けれど、それを口にしたことはなかった。『言ってはならないこと』なのだと、幼心にも感じていたのだ。

わたしは男としてはかなり小柄で、幼稚園の頃からずっと、クラスの男の子の中ではいちばん背が低かった。痩せっぽちで、力もなかった。そして、わたしが好きになるのは女の子ではなく、男の子ばかりだった。

そんなわたしに、両親や祖父母は『恵一郎、もっと男らしくしなさい』と何度となく言ったものだった。

本当は女の子として生まれるはずだったのに、どこかで何かの間違いがあって……たぶん、おっちょこちょいの神様が勘違いをして、わたしは男の子の体を持って生まれてしまったんだ。

小学校の高学年になった頃には、わたしはそれを確信するようになった。

本当は誰かに相談したかった。『どうしたらいいの？』と訊いてみたかった。

けれど、それはできなかった。

もし、このことがみんなに知られたら、わたしはきっと、おかしなやつだと思われてしまう。みんなから爪弾《つまはじ》きにされてしまう。除《の》け者にされてしまう。

そう考えたわたしは、それを必死で隠そうとした。

誰にも打ち明けられないまま、中学校には男の子として通った。

それは思い出したくもないほど辛い日々だった。

中学校には男女別の制服があった。もちろん、両親はわたしに男子の制服を購入した。

両親に与えられた男子の制服を身につけるのは嫌だった。男子の水泳パンツを穿くのも嫌だった。男子の下着を穿くのはもっと嫌だった。嫌で、嫌で、たまらなかった。

けれど、わたしに与えられた選択肢は、耐え忍ぶということだけだった。少なくとも、当時のわたしはそう思っていた。

12

深夜になっても、気温は高いままだった。きっとまた熱帯夜になるのだろう。

『Cerise』の営業を終え、重い足取りで自宅のマンションに戻ったのは、いつものように、午前二時に近かった。

わたしが暮らしているのは、店から歩いて十分ほどの2LDKで、築十五年のマンションの八階の一室だった。

本間翔馬の自宅に行ったことはなかったが、彼が住んでいるマンションからは、たぶん、ゆっくり歩いても十五分ほどしかかからないだろう。

いつもなら、一日の仕事を無事に終えたことへの小さな満足感や、ささやかな達成感を覚えながら、わたしは自分の部屋に戻ってくる。わたしはあの仕事に誇りを持っているし、強いやり甲斐《がい》も感じているから。

けれど、今夜のわたしは吐き気を催すほどの絶望感と、胸を掻《か》き毟《むし》りたくなるような悲しみに苛《さいな》まれていた。

本間翔馬はきっと今、自宅にいるのだろう。いったい、何を考えているのだろう？　きっと、わたしのことだろう。わたしに何と言って見合いの報告をしようかと、彼なりに悩んでいるのだろう。

そんなことを悶々《もんもん》と考えながら、わたしはハイヒールのパンプスを玄関のたたきに脱いで室内に上がった。そして、無意識のうちに深い溜め息をつきながら、上京してからずっと自分が寝起きしている部屋の中をぼんやりと見まわした。

綺麗好きの母に似たのか、ふたりの姉もわたしもとても綺麗好きだったから、この部屋はいつもとても清潔で、隅々まで整理整頓が行き届いていた。室内だけでなく、トイレや浴室も入居した時と同じようにピカピカだった。

いつもなら、自宅に戻ると簡単な食事をとる。けれど、今夜はまったく食欲がなかった。わたしは機械的に浴室へと向かった。とにかく、入浴だけでも済ませてしまうつもりだった。

白い浴槽に湯を溜めているあいだに、洗面台の前で化粧を落とし、薬指の指輪と臍のピアス以外のすべてのアクセサリーを外す。歯間ブラシとデンタルフロス、それに二種類の歯ブラシを使って、時間をかけて丁寧に歯を磨く。

そうしているうちに、浴槽に湯が満たされる。

わたしは白いブラウスを脱ぎ、白いブラジャーを外す。黒いスラックスを脱ぎ、腰を屈めて小さな白いショーツを脱ぐ。それらをネットに入れてドラム型の洗濯機に放り込んでから、湯気で少し煙っている浴室に入る。

浴室の大きな鏡に、全裸のわたしが映る。

細くて長い首。尖って骨張った肩。浮き出た鎖骨。ほっそりとした長い腕。初潮を迎えたばかりの少女のように小さな胸と、小さな乳首。胸の両側に浮き出た肋骨《ろっこつ》。細くくびれたウェスト……臍では小さな金のピアスが光っている。

全身脱毛を繰り返したおかげで、髪と眉毛と睫毛《まつげ》を除くと、今のわたしの体には毛が一本も生えていなかった。腋《わき》の下を脱毛する時に、わたしは股間の毛も一本残らず除去してもらっていた。

本間翔馬が『ものすごく綺麗だ』と褒めてくれたその体は、わたしの目にも完璧なものに映った。

そう。股間に垂れ下がっている小さな陰茎さえ見なければ、どこからどう見ても、それは美しくて健康的な女性の体だった。

だから、わたしはいつも、陰茎を見ないようにしている。わたしにとって、その陰茎はおぞましくて、とても忌まわしい器官だった。

けれど、今夜のわたしはあえて、その忌まわしい器官をまじまじと見つめた。

ああっ、どうして……どうして、こんなものを持って生まれてしまったのだろう。

中学三年生の夏休みに、悩み悩んだ末に、わたしは藁にもすがるような思いで、両親に自分の秘密を打ち明けた。

わたしが話しているあいだずっと、両親は惚《ほう》けたような顔をして、ぼんやりとした視線をわたしに向けていた。

「わたしは男の子じゃなく、女の子なのよ。体は男の子だけれど、心は女の子なの。だから、お父さんにもお母さんにも、それを認めてもらいたいの」

父と母の顔を真っすぐに見つめ返し、必死の思いでわたしは言った。

両親にわかってもらいたかった。ありのままのわたしを受け止め、受け入れてもらいたかった。そして、困り果てているわたしのために、何か有効なアドバイスをしてもらいたかった。

けれど、父は「そんな戯言《ざれごと》は聞きたくない」と言って顔を背けた。母もまた、「恵一郎の思いすごしよ。そんなこと、お母さんには信じられない」と言って、決して認めようとはしなかった。

中学校ではいじめられたり、仲間外れにされたりということはなかったけれど、わたしはたいていひとりきりですごしていた。

ガサツで乱暴で、下品な言葉遣いの男子生徒たちとは、あまり気が合わなかった。そうかといって、女子生徒たちはわたしを男の子だと思っていたから、彼女たちのお喋りの輪に加わることもできなかった。

孤独だったし、寂しかった。けれど、どうすることもできなかった。

あの頃もわたしには好きな人がいた。同じクラスの男子生徒で、サッカー部のストライカーだった。

彼はそんなにハンサムではなかったけれど、明るくて、剽軽《ひょうきん》で、お茶目で可愛らしかった。いつも生き生きとしていて、日焼けしたその顔には絶えず笑みが浮かんでいた。

わたしは彼が本当に好きだった。いつもそばにいたかった。できることなら、わたしの恋人になってもらいたかった。

だが、どうしたって、それは叶《かな》わぬ望みだった。

やがて彼には仲のいい女子生徒ができた。クラスでいちばんの美少女だった。

13

両親はわたしを無理やり男子高に入学させた。そうすれば、男らしくなると思ったのかもしれない。

男だけの世界に放り込まれるとわかった時は、これからのことがまったく想像できず強い不安に駆られた。男ばかりに囲まれた入学式では恐怖すら感じた。

けれど、今になって思えば、男だけのあの学校での暮らしは、それほど悪いものではなかった。

あの高校でも、わたしはいじめられたり、迫害されたりしたことは一度もなかった。からかわれることも、ほとんどなかった。みんなからは『少し女っぽいやつ』と思われていただけだった。

それでも、嫌なことがないわけではなかった。

職員のトイレを別にすれば、学校には男子トイレしかなかった。そのトイレに入るのが嫌で、わたしは水分の摂取を極力控えて、学校にいるあいだはできるだけトイレに行かないようにしていた。

男子と同じ部屋で着替えるのは恥ずかしかった。水泳の授業で体を見られるのも恥ずかしかった。わたしは小柄で、とても非力だったから、体育の柔道の授業は地獄のように感じられた。

「香椎って、すごく毛が薄いんだな」

あの頃、わたしの体を目にした男子たちから、何度かそんなことを言われた。

確かに、わたしは体毛がかなり薄かった。それでも、まったくないというわけではなかった。

その毛がとても忌まわしく感じられて、わたしは鼻の下や顎に生えてきた柔らかな毛を毎日、毛抜きで一本残らず処理していた。姉たちと同じように、腋の下に生える毛もすべて毛抜きで抜き取っていた。お風呂では毎日、カミソリで全身の毛を剃《そ》っていた。眉毛も毎日、きちんと整えていた。

初めて化粧をしたのは、高校二年生の時だった。

わたしはドラッグストアで、マスカラやアイシャドウ、ファンデーション、口紅などの化粧品を買い込み、自分の部屋で鏡に向かって化粧を施した。

楽しかった。わたしが手を動かすたびに、鏡の中の顔はどんどん変わっていった。魔法を使っているかのようだった。

化粧が終わると、わたしは鏡をまじまじと見つめた。

そこに映っているわたしの顔は、自分でも見惚《みと》れてしまうほどに可愛らしかった。それはまさに、女の子の顔だった。

その後は頻繁に化粧品を買い足し、毎日のように鍵をかけた自室で化粧をした。通信販売でスカートや、ランジェリーを購入して身につけてみることもあった。

化粧をし、女装をすると、わたしはとても落ち着いた気持ちになれた。ようやく本当の自分に戻れたような気分だった。

14

高校三年生の時に、とても気の合う友達ができた。わたしにとって、初めての友達だった。

その子は、同じクラスにいた黒田亮太《くろだりょうた》という男子生徒で、百六十センチのわたしより二十センチほど背が高く、明るくて、優しくて、朗らかで、とてもハンサムな子だった。彼は水泳部に所属していて、自由型と背泳ぎのエース的な存在だった。競泳用の水着姿の彼の上半身は見惚れてしまうほど逞《たくま》しかった。

わたしは彼を『亮くん』と呼んでいた。けれど、彼のほうはわたしを『恵一郎』と呼び捨てにした。

わたしはいつも水泳部の練習が終わるまで図書館で本を読んでいた。そして、部活を終えた亮くんと合流し、一緒に学校を出て、たわいもない話をしながら駅まで並んで歩いた。学校が休みで、水泳部の練習がない日には一緒にカフェでお茶を飲んだり、ハンバーガーショップやファミリーレストランで食事をしたり、公園のベンチで何時間も話をしたり、映画館やゲームセンターに行ったり、繁華街をうろついたりした。動物園や遊園地に行ったこともあった。

そんな時、わたしは亮くんとデートをしている少女になっていた。

「お前ら、本当に仲がいいんだな」

同じクラスの男子から、何度となくそんなことを言われた。けれど、わたしたちのことを異常だと思っている者はいないように感じられた。

わたしは亮くんを自宅に連れて行って両親に紹介した。亮くんもまた、わたしを自分の家に連れて行ってくれた。

亮くんは自分の両親に、わたしのことを『親友の恵一郎だよ』と言って紹介した。

親友。

その言葉は、わたしの耳にざらりとした感触を残した。

そう。わたしは亮くんが好きだったのだ。友人としてではなく、ひとりの異性として好きだったのだ。

両親には『親友』だと紹介したが、亮くんもまた、わたしの気持ちに間違いなく気づいていた。

ある時、亮くんが『恵一郎は化粧が似合いそうだな』と言った。それでわたしは、化粧道具を持参して、涼くんの自室で入念な化粧を施した。

それを見た亮くんは『思った通りだ。すごく綺麗だ』と目を輝かせて言った。

それからのわたしは、知り合いに絶対に会うことがないようなところに行った時には、百貨店やホテルのトイレなどで女装をし、顔にもうっすらと化粧を施した。

そんなわたしを、亮くんは『綺麗だな』『可愛いな』と言って、いつも褒めてくれた。それが嬉しくて、あの頃のわたしは小遣いのほとんどを女物の衣類と化粧品を買うことに費やしていた。

15

入浴を終えたわたしはドレッサーの前に座り、洗ったばかりの長い黒髪をドライヤーとヘアアイロンを使ってゆっくりと整えた。

化粧を落とした今も、鏡に映った顔は美しかった。それでも、三十歳になった今では、笑うと目の脇や口元に小さな皺ができるようになった。

そして、わたしは未来のことを考えた。

これからわたしは、どんなふうに生きていくことになるのだろう？　十年後はどこで、どうしているのだろう？　二十年後、五十歳になった時には何をしているのだろう？　好きな人と一緒になることは、わたしには永久にできないのだろうか？

それを考えると、強い不安が込み上げた。

考えちゃダメ。なるようにしかならないんだから、余計なことは考えちゃダメ。

鏡の中の顔を見つめ、わたしは自分にそう言い聞かせた。


いよいよ高校の卒業式が目前に迫った日曜日のある日、亮くんが『今夜、俺んちに泊まりに来ないか？』と言って、わたしを自宅に誘った。

その日は地方で法事があって、亮くんの両親は翌日まで帰ってこないということだった。

わたしは激しく胸を高鳴らせて彼の自宅に向かった。

三月になっていたけれど、あの日はとても寒くて、函館では朝から小雪がちらついていた。

高校を卒業したら、わたしは東京の大学に進学することになっていた。亮くんのほうは函館の食品会社への就職が決まっていた。

離れて暮らすのは寂しかった。けれど、わたしが大学を卒業するまでずっと、メールでやり取りを続けるつもりだったし、函館には頻繁に戻ってくるつもりだった。東京でのアルバイト先はすでに見つけてあったから、その交通費ぐらいは稼げるはずだった。

あの日、亮くんとわたしはふたりで近所のスーパーマーケットに行き、いろいろな食材を買い込んだ。そして、ふたりで並んで亮くんの家のキッチンに立ち、少し時間をかけていくつかの料理を作った。

と言っても、作ったのは主にわたしで、亮くんはわたしの隣で野菜を洗ったり、棚から食器や調味料を出したり、使い終わった鍋を洗ったりしていただけだったけれど。

「恵一郎って、料理ができるんだな。大したものだな」

包丁を扱っているわたしの手元を見つめて、感心したように亮くんが言った。

「このくらいは朝飯前よ」

わたしは得意げな顔をして亮くんを見つめた。

姉たちと同じように、わたしもよくキッチンで母の手伝いをしたから、調理をするのには慣れていた。

わたしが作ったのは、カルボナーラのスパゲティと、ケチャップをたっぷり入れたナポリタンだった。ポテトサラダも作ったし、コーンスープも作った。ミキサーにかけたトウモロコシを使ったこのコーンスープは、わたしの家族に人気の一品だった。

あの日、わたしたちは彼の自宅のダイニングルームのテーブルに向き合って、それらの料理を食べた。亮くんは『うまい』『うまい』と繰り返しながら、それらをすべて食べてくれた。水泳部員だった彼は食欲が旺盛だった。

食事が済むと、彼の部屋に行き、音楽を聴いたり、ＤＶＤを見たり、ゲームをしたりした。その後は交代でお風呂に入った。

お風呂に入る前に、彼はわたしの前で裸になった。水泳で鍛え上げた彼の体は、本当にガッチリとしていて素敵だった。当時のわたしの体重は四十キロ台の前半だったが、彼のほうは八十キロを遥かに超えているようだった。


お風呂から出ると、わたしは持参した化粧品で化粧を施した。

亮くんがそうして欲しいと言ったからだ。

その後は、ふたりで札幌に遊びに行った時に、お洒落なランジェリーショップで買った白いレースのブラジャーと、半透明の白くて小さなショーツを身につけ、同じ店で購入した完全に透き通ったナイトドレスを着た。ベビードールと呼ばれている超ミニ丈のライトブルーのナイトドレスだった。

札幌のランジェリーショップに行った時には、わたしは化粧をして女装していたから、店員たちに不審な目で見られるようなことは少しもなかった。

「綺麗だな、恵一郎。すごく綺麗だ」

わたしをまじまじと見つめた亮くんが呻くように言った。その顔には明らかな欲望の色が浮かんでいた。彼のほうは青いネルのパジャマ姿だった。

あの部屋には大きな鏡はなかった。けれど、その前日に、わたしは自室で化粧をしてから、それらの下着とベビードールを身につけ、その姿を鏡に映して眺めていたから、今、彼の目に自分がどんなふうに映っているのかはわかっていた。

「写真を撮ってもいいか？」

欲望に目を潤ませた亮くんが訊き、わたしは小さく頷いた。恥ずかしかったけれど、亮くんの頼みなら断れなかった。

あの晩、亮くんは携帯電話を使って、ライトブルーのベビードールを身につけたわたしの写真を何枚も撮影した。

わたしは彼の求めに応じて、髪を掻き上げたり、背筋を反らしたり、両腕を高く上げてみたり、床に跪いたり、そこに正座をしたり、四つん這いの姿勢を取ってみたり、ベッドに仰向けに寝転んだりと、本当にいろいろなポーズを取った。

室内にシャッターの音が響くたびに、わたしは性的な高ぶりのようなものを覚え始めた。そんな気持ちになったのは初めてだった。

やがて、携帯電話を置いた亮くんがわたしに歩み寄り、その太い腕をわたしのほうに恐る恐る伸ばした。そして、わたしの体を両手で抱き締め、わたしの唇に自分のそれを重ね合わせてきた。

わたしは驚いたし、戸惑った。けれど、彼を押し退《の》けるようなことはしなかった。

わたしが抗わないことがわかると、彼はその逞しい腕にさらに力を込め、骨が軋《きし》みそうになるほど強く抱き締めた。それだけでなく、わたしをベッドに押し倒して体のいたるところをまさぐり、ベビードールを脱がせ、慣れない手つきでブラジャーを外した。

亮くんはショーツも脱がせようとした。けれど、わたしは『それはダメ』と言って彼の手を必死で押さえつけた。

彼もすぐにパジャマを脱ぎ捨てて、ボクサーショーツだけの姿になった。そして、小さな女物のショーツを穿いただけのわたしにその大きな体を重ね合わせ、濃密なキスを繰り返したり、まったく膨らみのない胸をまさぐったり、音を立てて乳首を吸ったりした。

無意識のうちに喘ぐような声を漏らしながら、わたしは筋肉質な彼の背中を夢中で抱き締めた。ボクサーショーツの中で硬くなっている彼の性器を、わたしは何度も感じていた。恥ずかしいことだけれど、忌まわしいわたしの小さな器官も、あの晩はとても硬くなっていた。

そんなふうにして、わたしたちはとても長いあいだ抱き合っていた。たぶん、一時間。いや、それより長かったかもしれない。そのあいだに、亮くんはわたしに百回以上は唇を重ね合わせた。

やがて、ボクサーショーツを慌ただしく脱ぎ捨てた亮くんが、わたしに自分の性器を手で刺激して欲しいと求めた。

いきり立った男性器を目にしたのは、それが初めてだった。彼の性器は本当に大きくて、あの優しい亮くんのものとは思えないほどにグロテスクで暴力的だった。

「頼むよ、恵一郎。手で擦ってくれ」

亮くんからの要求に、わたしはまた驚いたし、おぞましさも少し感じた。それでも、断ることはせず、恐ろしく巨大化している彼の性器に右手で恐る恐る触れ、それを摑んで上下に動かして刺激を与えた。

「ああっ、感じる……いいぞ、恵一郎……ああっ、最高だ」

亮くんは目を閉じてそんなことを呟いていたが、やがてわたしに新たな要求をした。

「恵一郎、あの……口に咥《くわ》えてくれないかな？」

今度もわたしはとても驚いたし、やっぱりおぞましいとも思った。けれど、やはり断らず、ベッドの上で仰向けに寝転んだ彼の股間に顔を近づけ、しっかりと目を閉じてから硬直している男性器に静かに唇を被せた。

彼の性器は本当に巨大だったから、そのことによって口からの呼吸は完全に遮られてしまった。

すぐに亮くんはわたしの髪を両手で摑み、顔を上下に無理やり打ち振らせた。硬直した男性器の先端が喉にぶつかり、わたしは何度となく口の中のものを吐き出して咳《せ》き込んだ。

「亮くん、あんまり乱暴にするのはやめて。吐いちゃうよ」

何度目かに咳き込んだ時に、わたしは目を潤ませて訴えた。

「わかった。乱暴はしない。だから、恵一郎、続けてくれ」

咳《せき》が終わるのを待ちかねていたかのように亮くんが言い、わたしはまた彼の性器を口に含んだ。苦しかったけれど、彼の求めに応じたかった。

やがて、口の中の男性器が不規則な痙攣を開始し、わたしの口の中にどくどくと体液を放出し始めた。

口の中のそれはどろりとしていて、とても生臭くて、少しだけ塩気があった。

「恵一郎、飲んでくれ」

欲望に潤んだ目でわたしを見つめた亮くんが言った。

わたしはやはり、ひどく戸惑った。ためらいもした。それでも、彼の求めに応じて、口の中の大量の体液を何度かに分けて飲み下した。

それが愛の証《あかし》だと思ったのだ。


行為のあとで、わたしたちは明かりを消した部屋の中で、ベッドの背もたれに並んで寄りかかった。貧弱なわたしの左腕に触れ合っている彼の逞しい右腕が、熱いほどの体温を伝えてきた。

「東京に行っても、わたし、函館には頻繁に戻ってくる。そうしたら、また会えるね」

わたしは言った。彼と本当の恋人になれた気がして、あの晩のわたしは強い幸福感に包まれていた。口の中にはまだ、彼が放出した精液の味が残っていた。

「それは無理だよ」

突き放したような口調で亮くんが言い、わたしはびっくりして彼の顔を見つめた。

「無理……って？　どうして？」

「ずっと言おうと思っていたんだけど、恵一郎、俺たちはこれで終わりだ。いい思い出にするつもりで、今夜はここに来てもらったんだ」

その言葉に、わたしは目の前が真っ暗になるほどのショックを受けた。

「終わりって……嘘でしょう？」

「恵一郎が女だったら……そうしたら、恋人になりたかったし、いつかは結婚したかった。でも、こんなこと、いつまでも続けていられないよ。俺たち、男同士なんだぜ。恵一郎だって、それはわかっているんだろう？」

「違うのよ。わたしは女の子なのよ。体は男かもしれないけど、本当のわたしは女の子なの。だから、わたしと付き合って」

必死の思いで、わたしは言った。

「だけど、実際は男じゃないか。そうだろう？　一緒にいても、結婚もできないし、子供も作れないんだ」

怖いほど真剣な顔をして亮くんがわたしを見つめた。

「確かに……そうかもしれないけど、でも……でも、本当のわたしは女の子なのよ」

わたしは懸命に訴えた。いつの間にか、目には涙が浮かんでいた。

けれど、亮くんはわたしの気持ちを受け止めてはくれなかった。

「ダメだよ、恵一郎。ダメだ。こんなことは続けていられない。俺たちのしていることは、アブノーマルなことなんだ。だから、これで終わりにしよう」

わたしは涙を溢れさせながら、彼の顔を見つめた。

反論したかった。言い負かされたくなかった。けれど、わたしの口からそれ以上の言葉は出なかった。

そんなふうにして、彼との関係は終わった。

16

薄くて白い木綿のナイトドレスを着てベッドに身を横たえたのは、時計の針が午前四時を指した頃だった。わたしはたいていこの時刻にベッドに入り、お昼頃まで眠っているのだ。

いつもなら、すぐに睡魔がやってくる。わたしは寝つきがいいほうなのだ。

けれど、今夜は眠れなかった。

どうして、わたしだけが苦しまなきゃならないの？　どうして、神様はわたしにばかり意地悪をするの？

眠れないまま、わたしは闇に沈んだ天井を見つめ、きょうまでの人生を振り返った。

亮くんに振られたあの夜と同じように、わたしの目は涙で潤んでいた。


高校を卒業後は両親の希望通り、函館を離れて東京の私立大学の英文科に入学した。そして、昼間は大学に通いながら、夜はあらかじめ入店の許可をもらっていたニューハーフクラブで働き始めた。

新宿にあるその店で働くことは、高校を卒業する少し前に決めていたことだった。そこにしか、わたしの居場所はないと考えていたのだ。

東京でのわたしは毎晩、濃密な化粧を施し、たくさんのアクセサリーを身につけた。そして、ミニ丈のワンピースを身につけ、とても踵の高いパンプスを履いて新宿に通った。

電車の中でも街中でも、わたしは自分に向けられる男たちの視線をいくつも感じた。欲望のこもったそんな視線が、わたしには心地よく感じられもした。

そう。男たちは、わたしのことを異性だと思っているのだ。女だと認めているのだ。

それが嬉しかった。

ニューハーフクラブで働いている人たちは、わたしにとても親切にしてくれた。ふたりのバーテンダーを別にすれば、店内にいるのは全員がわたしの仲間だった。本当は女なのに、なぜか、男の体を持って生まれてしまった人たちだった。

彼女たちはわたしのことを『恵』と呼んでくれた。

メグミ。

そう呼ばれるたびに、わたしは喜びを感じた。

その職場は本当に居心地がよかった。そこでならわたしは、何を隠すこともなく、本来の自分として振る舞えた。

わたしはクラブのみんなと同じように、女性ホルモンを摂取し始めた。そのことによって、ほんの少しだけれど胸が膨らみ、乳首が大きくなり、少しずつ女性らしい体つきになっていった。美容外科にも通い、全身の毛を除去した。股間の毛は一本残らず脱毛してもらった。

店の多くの人がしているように、豊胸手術をすることも考えた。けれど、わたしは大きな胸には憧れがなかったから、その手術を受けるのはやめた。

豊胸手術の代わりに、二十歳の時に、思い切って睾丸を摘出する手術を受けた。

それはとても大きな決断だった。戸惑いもあったし、ためらいもあった。その手術を受けたら、わたしは永久に自分の遺伝子を残せなくなるのだ。

けれど、結局、わたしは睾丸の摘出手術を受けた。

これでもう、後戻りはできない。

わたしは思ったけれど、後悔は少しもなく、かえって清々《すがすが》しい気分だった。

睾丸を摘出したことで、わたしは驚くほどに変わった。芋虫が蝶《ちょう》になるように生まれ変わった。

もはや、隠し事をする必要はなかった。わたしは自分の考えをはっきりと口にするようになり、自信を持って堂々と生きていくようになった。

「恵、変わったわね」

店のみんなから、よくそう言われた。

大学を辞めることも考えた。これからのわたしの人生には学歴は必要ないと思ったから。

学生証に書かれた名前は『香椎恵一郎』だったから、大学に行く時には化粧はできなかったし、女物の衣類を身につけることもできなかった。

男の恰好をすることは、わたしにとって苦痛でしかなくなっていた。それでも、退学をせずに男の恰好で大学に通い続けたのは、英文学の勉強をしたかったからだ。それが楽しかったからだ。

あの頃のわたしはいつも、イギリスやアメリカの小説を原文で読んでいた。

大学に通う時と同様に、函館の実家に帰省する時にも、わたしは男の恰好をしていった。いつかは両親にいろいろなことを打ち明けなければならないとはわかっていたが、なかなかそれを言い出せなかった。

もし、女装して帰省したら、父は激怒して大学の学費を払ってくれなくなるかもしれなかった。


ワインに興味を抱くようになったのは、二十歳になった頃だった。ワインを題材にしたアメリカ小説を読んだのがきっかけだった。

わたしはワインの勉強に、すぐに夢中になった。わたしは昔から、ひとつのことにのめり込むタイプだった。

わたしはワインの勉強を続け、やがてソムリエ協会の『ワインエキスパート』という資格を取得した。将来は自分でワインバーを経営しようと思い立ったのは、資格を取るためにワインの勉強をしていた時だった。

大学を卒業後のわたしは、ニューハーフクラブで働きながら、自分のワインバーの計画を練った。どんな店にするかということや、どんな客をターゲットにするかということや、ワインをどこから仕入れるかということなども綿密に考えた。

かねてからの計画通り、卒業の三年後に、わたしはニューハーフクラブを辞めた。そして、それまでこつこつとためてきたお金をはたき、銀行からの融資も受けて、こぢんまりとしたワインバー『Cerise』を始めた。

今から五年前、二十五歳の時だった。

うまくいくかどうか、不安もあった。けれど、店は少しずつ繁盛するようになっていった。

『Cerise』を始めた年の暮れに、わたしは初めて女物の衣類を身につけて函館の実家に帰省した。その時にはしっかりと化粧もしていった。

両親には東京に本社のある大手の飲食店で働いていると嘘をついていたから、本当のことも話したかった。わたしは人を騙《だま》すのが大嫌いだった。

今度こそ、ありのままのわたしを両親に認めてもらいたかった。これからは香椎家の長男ではなく、三女として扱って欲しかった。

けれど、女の恰好をしたわたしを見た両親と姉たちはひどく驚いた。

母は両手で顔を覆って泣き出した。父は『そんな変態とは親子の縁を切る』と言い捨てた。ふたりの姉たちまでもが、化け物を見るような目をしてわたしを見つめていた。

わたしは必死で両親や姉たちを説得しようとした。けれど、どれほど言葉を重ねても、彼らは本来のわたしを受け入れてはくれなかった。

17

本間翔馬の以前にも、男の人と付き合ったことがあった。『Cerise』の常連客のひとりで、わたしより三つ年上の石橋大介《いしばしだいすけ》というサラリーマンだった。

あの晩、ほかのお客がみんな帰り、ふたりきりなった店の中で、わたしが好きだと彼が言った。そして、本間翔馬と同じように、わたしに恋人になってくれないかと尋ねた。

わたしは驚いたけれど、嬉しくもあった。実は、わたしも石橋さんに以前から好意を抱いていた。

少し考えた末に、わたしは石橋さんに、自分が男の体を持って生まれたことを教えた。言わないという選択肢はなかった。

『Cerise』の客に、その秘密を明かしたのは初めてのことだった。

石橋さんはひどく驚いたようだった。けれど、彼は『それでも構わない。恵さん、僕の恋人になってくれ』と熱い口調でわたしに言った。

わたしは少しだけ考えさせて欲しいと彼に言った。そして、一週間ほどじっくりと考えた末に、彼の求めに応じることに決めた。


そんなふうにして、わたしと石橋さんは恋人になり、すぐに体の関係を持つようになった。

ニューハーフクラブで働いていた時の同僚のほとんどが、男の人との性行為を経験しているようだった。わたしも高校を卒業する直前に、硬直した亮くんの性器を口に含み、彼の体液を飲んだという経験があった。

けれど、あの時のわたしは、肛門に男性器を挿入されたことが一度もなかった。

それでも、石橋さんの求めに応じて、わたしは体の関係を持つことに同意した。恋人なら、それをするのは当たり前だと思ったのだ。

初めて肛門で男性器を受け入れた時は、目が眩《くら》み、息が止まるような激痛に苛まれた。行為のあいだずっと、わたしは脂汗に塗《まみ》れて呻き悶《もだ》え続けた。

けれど、時間の経過とともにわたしはその行為に慣れていき、半月もした頃には肛門に男性器を挿入され、前立腺を突き上げられることに快楽を覚えるようにさえなった。

やがて、わたしは石橋さんが借りていたマンションの一室で、彼と一緒に暮らすようになった。

石橋さんは毎日のように、わたしの体を求め、わたしは喜んでそれに応じた。

あの頃、わたしはとても幸せだった。石橋さんも幸せそうに見えた。

だが、その幸せは一年と続かなかった。『俺たちのしていることは、やっぱり不自然だ』と、石橋さんが急に言い出したのだ。『俺はやっぱり子供が欲しい。両親にも孫の顔を見せてやりたい』と。

亮くんから別れを告げられた時には、わたしは涙を流しながら必死の反論を試みた。けれど、あの時のわたしは反論をしなかった。

「いいわよ。別れましょう」

わたしは泣かずに、はっきりとそう答えた。

わたしはもはや、かつてのような弱虫ではなかったし、泣き虫でもなかった。

相変わらず、睡魔はやってこなかった。

わたしはベッドの中で、天井を見つめ続けた。

石橋さんのことは好きだったけれど、本間翔馬のことはもっと、もっと好きだった。亮くんより好きだった。できることなら、彼とずっと一緒にいたかった。

けれど、やはり彼とは終わりにするべきなのだろう。冷静に考えれば、わたしと一緒にいることは、真っ当な道を歩いてきた彼にとってリスキーなことばかりで、いいことなど何ひとつないはずだった。

わたしは彼の正式な妻にはなれないし、彼の子供を産むこともできないのだから。きっと彼の両親もわたしを認めようとはしないだろう。

ああっ、わたしはこれからどんなふうに生きていくことになるのだろう?

未来の時間への不安はあった。考え出すと、息苦しくなってしまうほどの不安だった。けれど、くじけるつもりはなかった。負けるつもりはなかった。

「大丈夫。わたしは強い。わたしは負けない」

声に出してそう言った。その瞬間、目から溢れた涙がこめかみを伝い、耳の中へと流れ込んだ。

18

岸田穂乃果との見合いから二日が経った月曜日の夜、営業から戻った僕は社長室にいる父に呼び出された。

　社長室は『本間建物』の小さな自社ビルの最上階、四階に位置していた。

「岸田さんのお嬢さんとの見合いの件だが、先方は乗り気のようだ。謹んでお受けすると伝えていいよな？」

　社長室のドアを開けた僕の顔を見るなり、父がいきなりそう切り出した。

　時刻は午後六時になろうとしていた。机の向こうに座っている父の背後には大きな窓があり、そこから東の空が見えた。空に浮かんだ白い雲の輪郭が、夕日に照らされて鮮やかなオレンジ色に染まっていた。

「そのことだけど……あの……もう少しだけ考えさせてもらえるかな？」

　禿《は》げ上がった父の頭と、その背後に浮かんでいる美しい雲とを交互に見つめ、僕はためらいがちにそう答えた。

「考えるって……何を考えるんだ？　岸田さんのお嬢さん、美人だし、優しそうだし、嫁さんにするには申し分ないんじゃないか？」

　少し意外そうな顔をして父が訊いた。父はハンサムという言葉とはかけ離れた容姿の持ち主だったから、妹も僕も父にではなく、美人の母に似て生まれたことに密《ひそ》かに感謝していた。

「確かに、素敵な子だけど、でも……これからの人生を左右するような大切なことだから

「……だから、後悔することがないように、じっくりと考えてから決めたいんだ」

後ろ手に閉めたドアの前に立ち尽くして僕は言った。

「翔馬、お前、もしかしたら、ほかに好きな人がいるのか？」

細い目をさらに細めるようにして父が訊いた。ぼんやりとしているように見えて、父は勘のいい男だった。

「実は、あの……そうなんだ」

僕は言った。言いながら、恵さんのことを考えていた。

「それはまずいな」

父が脂ぎった顔を顰《しか》めた。「どうして見合いの前に言わなかった？」

「それは、あの……何となく言い出しにくくて……」

「翔馬はその人と結婚したいのか？」

「あの……迷ってるんだ」

僕は正直に答えた。

「わかった。少しだけ待ってやる。早く結論を出せ」

顰め面の父が言い、僕は「うん。わかった。それじゃあ、まだ仕事が残っているから」と言って、逃げ出すかのように社長室をあとにした。

その晩、僕は会社の近くの定食屋で食事をして自宅に戻った。自宅では入浴を済ませてから、アルザスのリースリングを開栓し、チーズやナッツやドライフルーツをつまみながら飲んだ。リースリングは恵さんのお気に入りの品種だった。

かつての僕は赤ワインばかり飲んでいた。けれど、恵さんは赤よりも白のワインを好んで飲んだ。それで僕も『Cerise』に通うようになってからは、彼女の真似をして、辛口の白ワインを多く飲むようになっていた。

恵さんがよく言っているように、白ワインは上品で繊細で、産地や葡萄の品種による特徴がよく表れていた。

壁を見つめてワインを飲みながら、僕は恵さんとの人生を想像していた。岸田穂乃果との縁談を断り、恵さんと一緒になった時の人生を。

恵さんとのあいだには絶対に子供はできない。恵さんには睾丸がないけれど、性別適合手術を受けていないから、今のこの国の法律では正式な結婚もできない。

それはつまり、僕たちがどれほど仲良く暮らしていたとしても、普通の夫婦なら受けられる社会的な恩恵を、まったく受けられないということだった。

もし、僕が恵さんを妻にしたいと言ったら、両親はきっととても驚くだろう。そして、父も母も、それを絶対に認めないだろう。無理を通せば、父は僕を会社から追い出すかも

くるのだろう。

今はまだ想像できないが、恵さんと結婚したら、きっとほかにもたくさんの問題が出てくるのだろう。

そんな面倒な思いをするより、岸田穂乃果と結婚したほうが遥かに楽なはずだったし、社会的にも経済的にも安定した暮らしが送れるに違いなかった。

岸田穂乃果と結婚すれば、何人かの子供を持つことができるかもしれなかったし、いつかは孫たちの顔を見ることもできるかもしれなかった。そして、いずれは父のあとを継いで『本間建物』の経営者になり、豊かで安定した生活を手に入れることができる可能性が高かった。

だが、恵さんと一緒になるということは、それらのすべてを諦めるということだった。恵さんを選ぶということは、茨の道を選ぶということにほかならなかった。

「無理だよ……どうしたって無理だよ……」

気がつくと、僕はそんな言葉を呟いていた。

そう。僕は恵さんを諦めると決めたのだ。

19

その晩は早めに横になった。

ふだんはベッドに入るとすぐに眠りに落ちる。けれど、今夜はどうしても寝つけなかった。

ついさっき諦めると自分に言い聞かせたはずなのに、寝返りを繰り返しながら恵さんのことを考え続けた。

かつては一日に何度もＬＩＮＥのやり取りをしていたというのに、岸田穂乃果との見合いの話をして別れてから、一度も恵さんに連絡を入れていなかった。もちろん、恵さんからも連絡は来ていなかった。

恵さんは僕のことをどう思っているのだろう？　連絡がないということで、僕が岸田穂乃果との結婚を決めたと思っているのだろうか？　その報告にも来ないなんて、卑怯《ひきょう》な男だと思っているのだろうか？

きっとそうなのだろう。恵さんは卑怯な僕を軽蔑し、もう忘れてしまおうと考えているのだろう。

僕が連絡をしない限り、恵さんのほうからは決して連絡をしてこないはずだった。

恵さんはそういう人なのだ。去っていく人間に、泣きながら縋りつくような人ではないのだ。

眠れないままサイドテーブルの時計に目をやると、時刻は間もなく午前一時になるところだった。午前一時はワインバー『Cerise』の閉店の時間だった。

恵さんは店じまいの準備をしているのだろうか？　もう店内に客は残っていないのだろうか？

今は何を考えているのだろう？　僕のことだろうか？

やっぱり、行こう！　恵さんにさようならを言いに行こう！

そう考えた僕はベッドを飛び出すと、急いでパジャマを脱ぎ捨てて衣類を身につけた。

恵さんに会って頭を下げて謝罪し、今までのお礼とお別れの言葉を告げるつもりだった。

そんなことをしても、恵さんが喜ぶとは思えなかった。それどころか、僕が再び目の前に姿を現すことで、恵さんを苛立《いらだ》たせたり、悲しませたり、怒らせたりすることになるのかもしれなかった。

それでも、行かないという選択肢はなかった。何の連絡もしないまま、恵さんの前から永久に姿を消してしまうというわけにはいかなかった。

僕の姿を目にしたら、恵さんはどんな顔をするのだろう？　ちゃんと話ができるのだろうか？　それとも、僕の顔を見ようともしないのだろうか？

そんなことばかり考えていて、ぼんやりとしていたのだろう。ガードレールのない狭い道の左側の路肩を歩いていた僕は、いつの間にか、右にある車道にふらふらと身を乗り出してしまったようだった。

気がつくと、背後からクラクションを鳴らしながら猛スピードで走ってきた乗用車のサイドミラーが右の肘に強く接触した。

そのことによって、僕は大きくバランスを崩して、ジャンプに失敗したフィギュアスケーターのように路上に勢いよく転倒してしまった。

接触事故を起こしたというのに、その車は停止することなく、そのまま走り去ってしまった。『バカヤローっ！』という男の怒鳴り声が聞こえただけだった。

小さくなっていく車のテールランプを見つめながら、僕はよろよろと立ち上がった。

驚きと恐怖のために、心臓が凄まじい速さで鼓動していた。

危なかった。もう少しで死ぬところだった。

擦り剝《む》けて血が出ている右の肘を左手で押さえながら僕は思った。接触した車はすでに、カーブの向こうに消えていた。

そして、その瞬間、僕は見た。自分の前に延びている二本の道を、はっきりと目にした。

右側に延びている道は平坦で、幅が広く、凸凹もなくて歩きやすいが、あまり面白味のなさそうな道だった。

それに対して、左に延びる道は波瀾《はらん》万丈の茨の道だった。急なアップダウンが多い上に、狭くて、曲がりくねっていて、凸凹が多く、泥濘《ぬかるみ》もあり、いたるところに深い落とし穴が開いているような危険極まりない道だった。おまけにその道の先は、断崖絶壁の行き止まりなのかもしれなかった。

さあ、どうする？　安全な右の道を行くのか？　それとも、破滅へと続いているかもしれない左の道を選ぶのか？

路肩に佇んで、僕はしばらく考えた。

いや、考えはしなかった。二本の道が見えた瞬間に、自分がどちらを選ぶのかわかっていたから。

あとは決心するだけだった。

僕は何度か深呼吸を繰り返した。そして、しっかりと心を決めた。

それじゃあ、茨の道を行くことにしよう。この世でいちばん好きな人と一緒に、破滅へと続いているかもしれない道を歩いていくことにしよう。

もはや迷いはなかった。

20

最後の客が出て行ったのは、閉店時間の午前一時で、わたしは店のドアに『Closed』の札を出してから店内の後片付けを始めた。

今夜も店にはたくさんの客がやって来た。店のドアが開けられるたびに、わたしは微かな期待を抱いてそのドアを見つめた。

けれど、その小さな期待は、ことごとく裏切られた。

本間翔馬はもう来ないのだ。期待などしていたわたしが愚かだったのだ。

そのたびにそう思ったけれど、ドアが開けられると、未練がましいわたしは、またそちらに視線を向けた。

清潔な台拭きでテーブルを丁寧に拭きながら、わたしはまたしても彼のことを考えた。考えるつもりなんてないのに、どうしても彼のことが頭から離れなかった。

何者かの手で店のドアが開けられたのは、ふたつのテーブルを拭き終えた時だった。

わたしはまた、反射的にドアに目を向けた。

その瞬間、息を呑んだ。ドアを開けたのが本間翔馬だったから。

わたしは湿った台拭きを握り締めて、すらりとした彼の姿を見つめた。

息をするのが難しいほどに心臓が高鳴っていた。彼は半袖のTシャツにジーンズという恰好をしていた。

「恵さん……」

戸口に立った彼が、あの涼しげな目でわたしを見つめてそう口にした。

そう。彼はとても涼しげな目をした人だった。

わたしはしばらく、無言で彼を見つめていた。それから、一度、深い呼吸をし、声が上ずったり、震えたりしないように気をつけて他人行儀な口調で言った。

「今夜はもう閉店いたしました。申し訳ありませんが、お帰りください」

けれど、彼は立ち去ろうとはせず、わたしを見つめたまま、真っすぐにこちらに歩み寄ってきた。

わたしは思わず後退《あとず》さった。

「恵さん、僕と一緒になってください。僕は恵さんが好きなんだ。恵さんと生きていきたいんだ」

彼の口から出たのは、思ってもみなかった言葉だった。

驚いているわたしに向かって、彼がさらに言葉を続けた。「見合い相手の女性とは結婚しない。あの縁談は断ります。だから、僕の妻になってください。これからの人生を、僕は恵さんと歩んでいきたいんです」

彼はひどく興奮しているようだった。ハンサムなその顔が上気していた。

わたしは無言で首を左右に振り動かした。

「落ち着いて、本間さん。少し冷静になって」

「僕は落ち着いているし、冷静だよ」

唾を飛ばして彼が言った。右の肘が擦り剝けて、血が出ているのが見えた。

「だったら、本間さん、あの……ひとつだけ聞かせて」

わたしもかなり興奮していたが、必死で平静を装いながら言った。「もし、わたしがいなかったら、本間さんはお見合いの相手の女性と結婚するの？」

「恵さんがいなかったら？」

「そうよ。わたしがいなかったら、本間さんはその人と結婚するの？」

彼は目を伏せ、少しのあいだ考えていた。それから再び視線を上げ、わたしを見つめて言った。

「たぶん、あの……結婚すると思う」

視線をさまよわせるようにして彼が答えた。

「そうなのね？」

「そうだね。そうすると思う」

その一言で、わたしの心は決まった。

「そう？　だったら、わたしは本間さんとは一緒になれない。その人と一緒になりなさい」

強い口調でわたしは言った。泣きそうだったが、泣くわけにはいかなかった。

そう。わたしという邪魔者さえ存在していなければ、彼は迷わずその女性と結婚するのだ。会社の取引先の社長の娘と、祝福された結婚をするのだ。

だとしたら、わたしはその妨害をしたくなかった。順風満帆だった彼の人生を、わたしひとりのせいでメチャクチャに引っ掻きまわしたくなかった。

彼が何か言おうとした。唇が微かに動いた。けれど、彼が口を開く前に、わたしはさらに言葉を続けた。

「その女の人、会社の大切な取引先の社長のお嬢さんなんでしょう？　だったら、その人と結婚しなさい。誰がどう考えても、本間さんにとってはそのほうがメリットがあるに決まってる。わたしのせいで、一度限りの人生を棒に振るようなことはしないで」

言っているうちに、自分がとんでもない厄介者に思われてきた。

本当に涙が出そうだった。けれど、わたしは必死で彼に気持ちを伝えた。

そんなわたしに、彼がさらに歩み寄ってきた。そして、剝き出しの腕をこちらに伸ばし、向き合うようにして立っているわたしの体を強く抱き締めた。

「いやっ！　手を離してっ！」

わたしは彼の腕の中から抜け出そうとして身を悶えさせた。けれど、彼は腕に込めた力を緩めなかった。

「やめてっ！　警察を呼ぶわよっ！」

叫ぶかのようにわたしは言った。

次の瞬間、彼がポニーテールに束ねたわたしの髪を強く摑んだ。そして、その腕に力を込め、力ずくで上を向かされたわたしの唇に、自分のそれを強引に重ね合わせてきた。

「うっ……むっ……」

口を塞《ふさ》がれたわたしは反射的に目を閉じ、彼の口の中に小さな呻き声を漏らした。

すぐにわたしの口の中に、柔らかな彼の舌が深々と差し込まれた。薄いTシャツの生地を通して、彼の体温が伝わってきた。

強い幸福感がわたしの全身を満たした。こんな時だというのに、彼に抱き締められているのが嬉しかった。

脚がガクガクと震えた。今にもしゃがみ込んでしまいそうだった。

けれど、その直後に、わたしはハッとなって我に返り、激しい身悶えを繰り返して彼の腕をしゃにむに振り解《ほど》いた。

「やめてっ！　これは強制猥褻《わいせつ》よっ！　本当に警察を呼ぶわよっ！」

再びわたしは叫ぶように言った。

「好きなんだよ、恵さん。僕は恵さんが大好きなんだ。だから……だから、僕のものになってください。僕だけのものになってください」

必死の形相でわたしを見つめて彼が言った。

彼の顔をわたしはじっと見つめ返した。

今にも頷いてしまいそうだった。頷くだけで、彼は戻ってくるのだから。頷くだけで、彼はまた抱き締めてくれるのだから。

けれど、頷くわけにはいかなかった。『本間建物』の次期社長として幸せになるはずの彼を、厄介者のわたしのせいで不幸にするわけにはいかなかった。

「本間さん、帰ってください。わたしはあなたと一緒にはなりません」

込み上げる涙を必死でこらえて、わたしは何とかそう言った。

21

今度は少し長い沈黙があった。そのあいだ、彼は苦しそうな顔をして、わたしを見つめ続けていた。

そんな彼に向かって、わたしは幼い子供に言い聞かせるかのように言った。

「さあ、帰って、本間さん。いい子だから、自分の家に帰って。あなたとわたしはこれで終わり。あなたのことは、ずっと忘れないわ」

「帰らないよ。恵さんが一緒になってくれるって約束してくれるまで、僕はここを動かないよ」

声を震わせて彼が言った。いつも涼しげなその目が潤んでいた。

「聞き分けのないことを言わないで」

笑みを浮かべてわたしは言った。その瞬間、目から涙が溢れるのがわかった。

「恵さんは僕が嫌いなの？」

彼もまた涙を流していた。きっと、彼はわたしが本当に好きなのだろう。好きで、好きで、たまらないのだろう。その気持ちは本当に嬉しかった。

「嫌いじゃないわ。大好きよ」

嫌いと言うこともできた。けれど、わたしは正直に答えた。

「だったら、どうして……」

彼が尋ね、わたしは何度か呼吸を繰り返した。それから、言葉を選ぶようにして、静かな口調でゆっくりと答えた。

「本間さん、わたしと一緒になった時のことを想像してみて……」

「恵さんと一緒になった時のこと？」

「そうよ。何かうまくいかないことが起きるたびに、本間さんはきっと、見合い相手の人と結婚していたらと思うはずよ。わたしと一緒に暮らしているあいだに、きっと何度も、何度も、そう考えるはずなの。そしてきっと、わたしのことを疎ましく思い始めるはずなの。わたし……あなたにそんなことを思われながら生きていきたくないのよ」

わたしの言葉を耳にした彼が、何度か深く頷いた。それから、しばらく考え、また口を開いた。

「確かに、恵さんの言う通りかもしれない。恵さんと喧嘩《けんか》をするたびに、僕は見合い相手の女の子の顔を思い浮かべるかもしれない。でもね……それは見合い相手と結婚しても同じだと思うんだ。その子と喧嘩をしたり、何かうまくいかないことが起きたりするたびに、僕は恵さんの顔を思い出すと思う。そして、どうしてあの時、恵さんを説得できなかったんだろうと思って、きっとくよくよするんだと思う」

今度は彼が、考え考え、言葉を選ぶようにしてわたしに言った。

「それはそうかもしれないけど……」

「だから、聞いて、恵さん」

彼が手の甲で無造作に涙を拭って言葉を続けた。「人はきっと、一日に何度もいろいろな選択をしているんだよ。そして、もし、その選択が間違っていた時には、あの時にああすればよかった、こうすればよかったって後悔するんだ。もしかしたら、僕は恵さんと一緒になったことを後悔することがあるかもしれない。でも、僕は今の自分の選択を信じたいんだ。恵さんと一緒になることが正しいことなんだと信じたいんだ。だから、恵さん、僕と一緒になってください」

わたしよりも年下だというのに、彼はとても口が達者だった。

「でも、わたし……本間さんを幸せにする自信がないの」

わたしは言った。また涙が溢れた。

「僕にもそんな自信はないよ」

昼のあいだから真っ白な歯を見せて彼が笑った。その魅力的な笑顔がわたしは大好きだった。「でも、恵さんと一緒になったことを後悔することがないように、恵さんにも後悔させないように、必死で頑張るつもりだよ。だから、僕と一緒にいてください。僕の妻になってください」

「わたしのせいで不幸になってもいいの？」

「うん。構わない。不幸になる時は、一緒に不幸になろうよ。そして、普通の夫婦が離婚する時みたいに、罵《ののし》り合って、憎み合って別れようよ。だから、そんな時が来るまでは、僕のそばにいてください」

少し口早に彼が言った。

「憎み合って、別れるまで？」

その言葉がおかしくて、わたしは思わず笑いそうになった。

「そうだよ。その時が来るまで、僕と一緒に生きてください。そして、どうしてもうまくいかなかった時は、憎しみ合って別れよう」

わたしはまたしばらく考えた。

どうしたらいいのだろう？　頷いてしまって、いいのだろうか？

わたしが思案しているあいだ、彼は黙ってわたしの顔を見つめ続けていた。

彼の両親は間違いなく、わたしたちが夫婦になることに反対するだろう。激怒した父親から、彼が会社を追い出されることもあるかもしれない。

けれど、彼はそれをわかった上で、今夜、ここに来たのだろう。

まあ、いいや。もし不幸になるなら、彼と一緒に不幸になればいいや。

わたしはフーッと長く息を吐いた。そして、涙に潤んでいる彼の目を見つめ、顎を引くようにして深く頷いた。

「恵さん、僕と一緒になってくれるんだね？」

彼が言い、わたしはまた深く頷いた。

彼が再びわたしに近づいた。そして、両手をこちらに伸ばし、さっきもしたようにわたしをまた強く抱き締めた。

わたしはもう抗わなかった。ただ涙を流していただけだった。

そんなわたしの顔を覗き込むように見つめて彼が言った。

「もう泣かないで。恵さんに涙は似合わないよ」

彼の言う通りだった。わたしには涙は似合わないのだ。

「本間さん、これから大変よ」

彼を見上げて、わたしは笑った。

「わかってるよ。よく考えたんだもん。だから、大変なのは、よくわかってる。でも、恵さんと一緒なら、どんな試練にも耐えられると思う」

その言葉にもう一度、静かに頷くと、わたしは彼の背中を両手で強く抱き締め返した。

かつて一度も覚えたことがないほどの強い喜びが、体の中にゆっくりと広がっていった。

第三話　秋の分岐点『暗い山道で』

1

スーパーマーケットでの勤務を終えたわたしは、いつものように店の裏手にある従業員用の駐車場で自分の軽自動車に乗り込んだ。これからいつものように、保育園にふたりの子供を迎えに行くのだ。

エアコンの効いた店内は暖かかったが、駐車場には冷たい風が吹き抜け、枯れた落ち葉が音を立ててくるくると舞っていた。一日ごとに日が短くなっていて、まだ五時半だというのに辺りはもう真っ暗だった。

車に乗り込んだ瞬間に、わたしは大きな溜め息をついた。人目を気にすることなく思い切り溜め息をつけるのは、ひとりきりの車の中だけだった。

エンジンをかけると、車を発進させる前に、いつものように、わたしはカーステレオのスイッチを入れた。好きな音楽を聴きながらひとりきりで車を運転している時が、一日のうちで唯一、ホッとできる時間だった。

保育園から子供たちを連れ帰ったら、自宅の二階のベランダに干していった洗濯物を取り込んで畳み、夫のワイシャツにはアイロンをかけ、大急ぎで夕食の支度をし、子供たちと一緒に風呂に入らなくてはならなかった。

自分で選んだこととはいえ、こんな暮らしがいつまで続くのだろうと思うと、かなりうんざりとした気持ちになる。

今夜は何を作ろうかな？　カレーにしたら、裕太《ゆうた》も歌織《かおり》も喜ぶのかな？　それとも、冷凍のハンバーグを湯煎したほうが簡単なのかな？

保育園に向かって中古の軽自動車を走らせながら、わたしは三歳の息子と二歳の娘の姿を思い浮かべる。

夫は自分に似た子供たちのことを、目の中に入れても痛くないほどに可愛がっている。わたしの両親や、夫の両親も可愛いと言っている。

わたしだって、子供たちのことを可愛いと感じる。けれど、それはきっと、『親の欲目』というものなのだろう。

息子の裕太も娘の歌織も、ずんぐりとしていて気量の悪い夫にとてもよく似ている。客観的に見れば、裕太はハンサムという言葉とは程遠い容姿だし、歌織も美人になることはないだろう。

　実際、血の繋《つな》がりのない人たちの口から、ふたりの容姿に対する褒め言葉が出ることはほとんどない。保育園の先生たちも『裕太くんは明るくて、素直ないい子です』『歌織ちゃんは動物好きの優しい子ですね』とは言うけれど、彼女たちの口から『可愛い』という言葉が出てきたことは、わたしが知る限りでは一度もない。

　そんなふたりを見るたびに、母親であるわたしは、彼らにとても申し訳ないことをしたような気持ちになる。

　四年前に別れたかつての恋人は、スラリとしていてとてもハンサムだった。わたしもそれなりの美人だから、もし彼と結婚していれば、きっと美しい容姿の子供たちができたのだろう。

　大切なのは容姿ではなく、その人の中身だ。

　それはわかっている。わかっているけれど、容姿が悪いよりは、いいに越したことはないはずだった。

　わたしの名はすみれ。林田《はやしだ》すみれ。歳は三十四歳。ここ群馬県の片隅の町で地方公務員をしているふたつ年上の夫と四年前に結婚し、今は息子と娘の四人で、郊外の一軒家に暮らしている。群馬県はわたしの生まれ故郷だった。

家のローンもあるので、わたしたち家族の生活は楽ではなかった。それで歌織が一歳になった頃から、わたしは保育園に子供たちを預けて、週に五日、時には六日、自宅から車で二十分ほどのところにある大手のスーパーマーケットで、パートタイムの従業員として働いている。

生まれ故郷に戻ってから、すでに四年以上の歳月が流れた。

その四年のあいだに、わたしは別人のように変わってしまった。鏡に映る自分を見て、『あれっ、これがわたしなの？』と思ってゾッとすることも頻繁にある。

そう。鏡に映る今のわたしは、疲れ切って生気をなくしたおばさんだった。

東京の百貨店で化粧品の販売員をしていた独身時代のわたしは、いつもお洒落に気を使い、スポーツクラブで体を鍛え、エステティックサロンやネイルサロンにも定期的に通っていたものだった。

あの頃のわたしは、たくさんの男の人たちから『可愛い』『綺麗だ』『色っぽいね』などと頻繁に言われていた。けれど、子供ができてからは、エステティックサロンやネイルサロンに行く余裕がまったくなくなってしまった。

昔はジェルネイルに彩られていた長い爪も、今は短く切り詰めている。マニキュアを塗ることさえ、ほとんどなくなった。毛先に緩いパーマをかけていた長い栗色の髪も、今は肩に触れるほどの長さで切り揃《そろ》えている。もちろん、髪を染めることもしなくなった。

かつてのわたしはいつも、とても踵の高いパンプスやサンダルやブーツばかり履いていた。恋人だった人がよく脚をほめてくれたから、ミニスカートやショートパンツを穿くことも多かった。

けれど、今は動きやすい靴ばかり履いている。脚をあらわにするような衣類を身につけることもなくなってしまった。きょうも厚手のトレーナーに、穿き古したジーンズという恰好で、足元は薄汚れたスニーカーだ。

恋人だった人が今のわたしを見たら、きっと失望するだろう。

彼と別れたことを後悔することもある。だけど、しかたがない。時間を巻き戻すことは、誰にもできないのだから。

2

運転を続けながらCDを入れ替える。かつての恋人のバンドのCDだった。

そう。夫はまったく知らないが、わたしには結婚前に長く付き合ってきた二歳年下の恋人がいた。

元恋人は板倉《いたくら》潤《じゅん》という名前で、わたしは『潤ちゃん』と呼んでいた。彼は年下であるにもかかわらず、わたしのことを『すみれ』と呼び捨てにしていた。『おい』とか、『お前』と呼ぶこともあった。

明るくて、ハンサムで、ちょっとお茶目で、スラリとしてスタイルのいい彼のことが、わたしは大好きだった。透き通った彼の歌声も好きだったし、彼が弾くギターの音色も好きだった。

彼のバンドは三年前に念願のメジャーデビューを果たし、今はあの頃には想像できなかったほどの成功を収めている。

だが、わたしと付き合っていた頃の彼は、友人たちと結成したそのバンドでのメジャーデビューを目指しながら、ピザの配達員や、コンビニエンスストアの販売員などのアルバイトをしていた。

わたしは潤ちゃんが本当に好きだったから、彼との結婚を強く望んでいた。群馬の両親からも早く結婚するように言われていた。

わたしは彼に何度も結婚して欲しいと言った。けれど、彼のほうはそれまでの関係を続けたがっていた。週に一度ぐらいの割合でデートをして、最後は彼の部屋のベッドで抱き合うという関係だ。

彼がいつまでも煮え切らないので、四年前、わたしの三十歳の誕生日に、わたしのほうから彼に別れを告げた。

二十八歳だった彼は大粒の涙を流し、『すみれと別れたくない』と言った。『すみれにはずっと俺のそばにいて欲しい』とも言った。

『だったら、潤ちゃん、すぐに結婚してくれる？』

わたしは彼にそう迫った。

けれど、彼は首を縦には振ってくれなかった。

『だったら、やっぱりお別れね。潤ちゃんと一緒にいられて楽しかったよ』

涙を堪《こら》えてわたしは言った。

それはひとつの賭けだった。わたしは彼が考えを変えてくれるはずだと思っていたのだ。別れたくないから、結婚を承諾してくれるはずだ、と。

けれど、わたしはその賭けに負けた。

そんなふうにして、わたしたちは別れた。群馬の高校を出てからずっと勤務していた都内の百貨店での販売員の仕事も辞めた。


潤ちゃんと別れて群馬県に戻ったわたしは、両親に言われるがまま結婚相談所に登録した。そこで最初に紹介されたのが今の夫だった。

夫は背が低くて、でっぷりと太っていて、赤ら顔で、小さな目は離れていて、鼻が上を向いていて、ハンサムという言葉からはかけ離れた容姿の持ち主だった。当時はまだ三十二歳だったというのに、頭が完全に禿げ上がっていた。

夫はわたしを気に入ったようだった。けれど、わたしは『面食い』だったから、夫との結婚にはかなり迷った。

それでも、夫の真面目そうなところや純朴そうなところ、地方公務員で収入が安定しているところなどは、わたしの目には魅力的に映った。

夫の容姿には目をつぶると決め、わたしは彼からのプロポーズを受けた。出会ってから、まだ一週間も経っていなかった。

わたしたちはすぐに、地元の式場でそれなりに盛大な結婚式を挙げ、わたしは宮澤《みやざわ》すみれから林田すみれになった。新婚旅行は三泊五日のハワイ旅行だった。


夫との結婚を選んだことを間違いだったとは今も思わない。夫を愛していると思ったことは一度もないが、少なくとも彼はふたりの子供を授けてくれた。

だが、潤ちゃんと別れなければよかったと思うこともないわけではない。特に、夫と性行為をしている時には、わたしはしばしば潤ちゃんのことを思い出す。

わたしが夫との性行為で高ぶったことは一度もない。絶頂を迎えたことも一度もない。

それまで女性と一度も付き合ったことがなかったという夫の行為は、とても稚拙で、自分勝手で、自らの性欲さえ満たせればいいというものだった。だから、夫から求められるたびに、わたしは嫌悪さえ感じたものだった。

だが、潤ちゃんはそうではなかった。潤ちゃんとわたしは、セックスの相性が抜群だったのだ。

潤ちゃんはわたしよりふたつ年下だったけれど、かなりサディスティックなところがあって、性行為の時にはわたしを支配し、服従させようとした。

自分では気づかなかったけれど、きっとわたしにはマゾヒスティックなところがあるのだろう。アブノーマルとも言える潤ちゃんとの行為で、わたしはいつも目眩《めくるめ》くような快楽を覚え、我を忘れて喘ぎ悶えたものだった。快楽の波に巻き込まれ、失神してしまったことさえあった。

スピーカーからは潤ちゃんの歌声と、彼が奏でるギターの音が流れ続けている。

運転を続けながら、きょうもわたしは潤ちゃんとのセックスを思い出した。ただそれだけのことで、股間がじっとりと潤み始めたのがわかった。

3

あの頃、潤ちゃんもわたしも都内のマンションでひとり暮らしをしていた。

わたしの部屋で性行為をすることも時にはあったが、たいていは彼の部屋でそれをしていた。わたしは片付けをするのが苦手で、室内はいつも散らかっていた。そんなわたしの部屋とは対照的に、綺麗好きな潤ちゃんの部屋はいつ行っても清潔で、隅々まできちんと片付けられていた上に、ベッドの大きさもクィーンサイズだったからだ。

付き合い始めたばかりの頃にはアブノーマルなことはしなかった。だが、一ヶ月も経たないうちに、サディストの潤ちゃんが『すみれ、目隠しをしてもいいかい?』とか、『今夜はすみれをロープで縛りたい』とか、『手錠を買ったんだけど、嵌めてもいい?』とか、『通販でヴァイブレーターを買ったんだ。使っていいだろう?』とか、『すみれ、今夜はお尻の穴に入れてもいいかい?』などと言うようになった。

潤ちゃんがそんな言葉を口にするたびに、わたしはひどく戸惑った。特に、肛門での性交を求められた時は、微かな恐怖も感じた。

けれど、それを拒んだことは一度もなかった。

それが潤ちゃんに対する愛の証だと思ったし、わたし自身も、そういうアブノーマルな行為に興味がなくはなかったからだ。

あれは、わたしたちが別れる一ヶ月ほど前のことだったと思う。

あの晩、カラオケボックスでさんざん飲んで酔っ払ったわたしたちは、マンションの七階にあった潤ちゃんの部屋に入るとすぐに抱き合い、玄関のたたきに立ったまま、貪り合うかのような激しいキスをした。

唇を重ね合わせているあいだ、潤ちゃんはずっとわたしの乳房をワンピースの上から乱暴に揉みしだき続け、わたしは身を捩《よじ》りながら、彼の口の中にくぐもった呻きを漏らし続けていた。

唇を離すとすぐに、潤ちゃんがわたしにオーラルセックスを求めた。その求めに応じ、わたしは踵の高いパンプスを履いたまま潤ちゃんの足元に跪き、恐ろしく巨大な男性器を深々と口に含んだ。

そんなわたしの栗色の髪を、潤ちゃんが真上から両手でがっちりと、髪の何本かが抜けてしまうのではないかと思うほど強く鷲摑みにした。そして、口いっぱいに男性器を含んでいるわたしの顔を、前後に荒々しく打ち振らせた。

彼はわたしの顔を引き寄せると同時に、自分は腰を強く突き出した。石のように硬い男性器の先端が何度も激しく喉を突き上げた。

男性器が喉に激突するたびに強い吐き気が込み上げ、わたしは何度も男性器を吐き出して咳き込んだ。そして、口から唾液を垂らしながら、『潤ちゃん、もう許して』『お願い、吐きそうなの』などと訴えて、涙に潤んだ目で彼の顔を見上げた。

けれど、サディストの潤ちゃんは怖い顔でわたしを見下ろし、『続けろ、すみれ』と言っただけで、わたしの咳が終わるとすぐに、また男性器を口の中に押し込んできた。

あの晩に限らず、それはいつものことだった。

わたしに会うたびに潤ちゃんは、必ずと言っていいほどオーラルセックスをさせた。だが、いつまで経っても、乱暴なその行為に慣れるということはなかった。

いつものように、あの晩も、玄関のたたきの上で行われたオーラルセックスは彼の射精で終わった。もちろん、わたしはいつものように、口の中に放出された大量の液体を何度かに分けて飲み下した。

口を犯されることは苦しみでしかないというのに、あの晩も、わたしの性器は滴るほどの分泌液に塗れていた。

やっぱり、わたしはマゾヒストなのだろう。

あの夜、わたしに体液を嚥下させたあとで、潤ちゃんはわたしからワンピースと下着とパンティストッキングを毟り取るかのように脱がせた。

あの日のわたしは、体にピッタリと張りつくような、マイクロミニ丈の黒いワンピースを身につけていた。潤ちゃんがそういう恰好を好んだからだ。

ワンピースだけでなく、潤ちゃんに言われて、あの頃のわたしは臍に派手なピアスを嵌めていた。潤ちゃんからプレゼントされた細い金のアンクレットは、お風呂に入る時にも左足首から外したことがなかった。

わたしを裸にするとすぐに、潤ちゃんはどこからか取り出したロープを使って、わたしをクィーンサイズのベッドに俯せの姿勢で縛りつけた。わたしは抗ったが、力で上まわる彼は難なくそれを成し遂げた。

そのことによって、わたしは水面に浮かんでいるアメンボみたいに、両腕と両脚をいっぱいに広げた恰好で大きなベッドの上に磔《はりつけ》にされてしまった。

わたしをベッドに縛りつけ終えると、潤ちゃんがサイドテーブルの引き出しから、太くておぞましい二本の器具を取り出した。スイッチを入れることによって、細かな振動を開始する器具だった。彼はそんな器具をいくつも、いくつも所有していた。

「今夜は二本、同時に入れるぞ。いいな、すみれ」

欲望に潤んだ目をした彼が訊いた。

いや、訊いたのではない。それをすると宣言したのだ。

性行為の時には彼は専制君主で、わたしは何の権利もない奴隷女にすぎなかった。もちろん、拒むことなど許されるはずがなかった。

わたしの返事も待たずに、彼がわたしの肛門にクリームのようなものを塗り込んだ。彼は肛門の中にまで指を深く差し込んできたから、わたしは思わず身を捩って低く呻いた。

肛門の内外にたっぷりとクリームを塗り込むと、彼がおぞましい器具の一本を手に取り、それを分泌液に塗れているわたしの性器にあてがい、力を込めて深々と押し込み始めた。

「あっ……くうっ……やめてっ……潤ちゃん、やめてっ！」

わたしは亀のように首をもたげて必死で訴えた。けれど、長い経験から、その言葉に何の意味もないということはよくわかっていた。

ふだんの潤ちゃんはとても優しい男だった。だが、性行為の時には別人に変わり、自分がやりたいことをすべてやり遂げた。

一本目の器具がわたしの中に埋没すると、潤ちゃんがもう一本の器具を手に取り、それを今度は肛門へと押し込み始めた。

巨大な器具が肛門を強引に押し広げ、直腸の内側の壁を強く擦りながら奥深くへと進んでいくのがはっきりとわかった。

「あっ……ダメっ……ダメっ！」

ジェルネイルに彩られた細い指で、わたしはシーツを握り締めてまた声を上げた。あの頃、わたしの左手の薬指には、潤ちゃんからもらったルビーの指輪が嵌められていた。

最初の頃、肛門を犯されることは、わたしにとって苦痛と屈辱でしかなかった。だが、あの頃には、排泄《はいせつ》のためのその器官もまた、わたしの性感帯のひとつになっていた。

おぞましい二本の器具がわたしの中に埋没すると、彼がそれぞれのスイッチをオンにした。その直後に、直腸と膣の中でそれぞれの器具が細かく振動し始めた。

「あっ……うっ……くううっ……感じるっ……感じるーっ！」

二本の器具から送り込まれ続ける強烈な刺激に、わたしは拘束された体を激しく捩って声を上げた。その浅ましい声を抑えることが、どうしてもできなかった。

おぞましい器具が自らの振動で押し出されてくるたびに、彼がそれをまた深くまで押し込んだ。そして、いつもそうしているように、自分はスマートフォンを手に取り、ベッドを抱くような恰好で喘ぎ悶えているわたしの姿を動画や静止画で撮影し始めた。

「すみれ、お前は本当にヴァイブが似合う女だな」

あの晩の彼は撮影を続けながら、顔に嘲《あざけ》りの表情を浮かべてそんな言葉を口にした。

わたしは言葉にできぬほど強烈な屈辱感を覚えた。だが同時に、凄まじいまでの性的快楽を感じてもいた。

四肢の自由を奪われて支配され、いたぶられ、侮辱されるということに、なぜか、わたしはひどく高ぶるようだった。

十分ほど撮影を続けたあとで、潤ちゃんがベッドに上がり、わたしの顔の前にあぐらをかくような姿勢で座った。そして、再びわたしの髪を鷲摑みにし、息も絶え絶えに喘ぎ声を漏らし続けているわたしの口に、いつの間にか硬直していた巨大な男性器を深々と押し込んだ。

股間に振動する巨大な二本の器具を押し込まれ、口まで犯されているわたしにできることは、彼の性器に歯が当たらないように気をつけることだけだった。

ああっ、犯されている。こんなにも無防備な恰好で、こんなにも徹底的に凌《りょうじょく》辱されている。

そう思うと、わたしもまた彼に負けないほどに高ぶった。

4

潤ちゃんは実に頻繁に、全裸で拘束されて悶絶しているわたしの姿を撮影していた。その映像はきっと今も、彼のスマートフォンに残されているのだろう。

その映像を彼は今も見ることがあるのだろうか？　それを見て、わたしを思い出すことがあるのだろうか？

そんなことを考えながら運転を続けていると、いつものように分かれ道に差しかかった。

ふだんのわたしは右の道を行く。そちらの道のほうが保育園にずっと近いし、道幅も広くて明るいから。

けれど、今夜は左の道を行くことにした。保育園に着くまで、もう少し潤ちゃんのバンドの音楽を聴きながら、彼との性行為を思い出していたいと思ったからだ。

左の道は真っ暗な山道だった。街路灯などほとんどなく、くねくねと曲がりくねっていた。けれど、わたしはあまりスピードを落とさず、右へ左へとハンドル操作を続けた。わたしは運転をするのが大好きで、休日にはレンタカーを借り、助手席に潤ちゃんを座らせて、伊豆や箱根にドライブに行ったものだった。

対向車はほとんど来なかった。車内には潤ちゃんの美しい歌声が響き渡っていた。そして、わたしは女性器を潤ませながら、潤ちゃんとのアブノーマルなセックスの数々を思い出し続けていた。

SM行為用の鞭《むち》で、潤ちゃんに徹底的に打ち据えられたこともあった……熱く溶けた蠟《ろう》の雫を、剝き出しの皮膚に延々と滴らされたこともあった……ボールギャグという真っ赤な口枷《くちかせ》を口に押し込まれたまま、四つん這いの姿勢で嫌というほど長時間にわたって犯されたこともあった……肛門から引き抜かれたばかりの不潔な男性器を、口に含むように命じられたこともあった……おぞましい器具でクリトリスを徹底的に責められて、ついには失神してしまったこともあった……。

ああっ、もう一度でいいから、あんな刺激的なセックスをしてみたい。もう一度でいいから、我を忘れて喘ぎ悶えてみたい。

道の左側に急に現れた人影が車道に飛び出してきたのは、わたしがそんなことを考えていた時だった。

とっさに急ブレーキをかけながら、わたしはハンドルを右に切った。タイヤの鳴る大きな音が聞こえた。シートベルトがわたしの胸に深く食い込んだ。

避《よ》けてっ！　お願いっ！

わたしは祈った。

だが、次の瞬間、人影は車の左側のヘッドライト付近に激突し、数メートルも向こうにはじき飛ばされた。

わたしの車はタイヤを鳴らしながらさらに十数メートルほど走り続け、少し斜めになってようやく停止した。

どうしよう！　どうしよう！

凄まじいパニックがわたしに襲いかかってきた。

わたしはハザードランプを点滅させた車を路肩に寄せ、十数メートル後方の路肩に倒れている人影に駆け寄った。

全身が激しく震え、息をするのも難しいほど心臓が鼓動していた。口の中はカラカラで、頭の中は真っ白だった。


ほとんど光の届かない路肩に倒れていたのは、見すぼらしい身なりをした小柄な老人だった。

わたしは身を屈めて、老人の顔を覗き込んだ。

老人は目を閉じていた。ピクリとも動かず、意識もないようだった。その顔はたくさんの老人斑に覆われて、皺だらけだった。

たぶん、わたしの車のフロントが腹部を直撃したのだろう。老人の口からは血のようなものが溢れていた。

「おじいさん……おじいさん、起きて……目を覚まして……」

わたしは声を震わせて呼びかけた。

けれど、老人はその呼びかけにまったく反応しなかった。

わたしは激しく震え続けている手を、血を噴き出している老人の口の前にかざした。だが、呼吸は感じられなかった。

続いて、痩せて骨張った老人の手首をそっと摑んだ。その手首はまだ温かかったけれど、脈は感じられなかった。

死んでる。わたしが……わたしが殺しちゃったんだ。

わたしは反射的に辺りを見まわした。

頭上には鬱蒼《うっそう》とした木々が覆いかぶさっていて、そこは本当に真っ暗だった。見ている人は誰もいないようだったし、防犯カメラもないように思われた。

そうするうちに、だんだんと暗がりに目が慣れてきて、老人の顔が少しずつはっきりと見えるようになっていった。

老人の顔は猿によく似ていた。年は八十代……いや、九十代なのだろうか。はっきりとはわからなかったが、その顔は本当に皺だらけで、醜い老人斑がいたるところにできていた。

警察に通報するか、逃げるか。

死んでしまったらしい老人の顔を見つめながら、わたしはルージュのない唇を無意識のうちに嚙み締めていた。

もちろん、通報するべきだった。逃げるなんて、まともな人間のすることではないはずだった。

警察に通報するために、わたしはショルダーバッグからスマートフォンを取り出した。その手が見たこともないほどに震えていた。

通報したら、どうなるのだろう？

スマートフォンを握り締めてわたしは考えた。

逮捕されるのだろうか？　拘留されるのだろうか？　いずれにしても、これから保育園に子供を迎えに行くことはできなくなるはずだ。

わたしはさらに考えた。

このことを知ったら、きっと夫はわたしを罵るだろう。夫の両親も同じ態度をとるだろう。離婚を言い渡されることもあるかもしれなかった。

あの分かれ道に戻れれば。

わたしは思った。今に比べると、あの分かれ道にいた時の自分はとても幸せだったのだ。不平不満を抱くべきではなかったのだ。

ああっ、どうして……どうして左の道になんか来てしまったのだろう……いつものように、右の道を行っていれば、こんなことにはならなかったはずなのに……戻りたい……あの分かれ道に戻りたい……。

両手で髪を掻き毟って、わたしは思った。

このおじいさんが悪いんだ。このおじいさんが勝手に飛び出してきたんだ。だいたい、なぜ、こんな真っ暗な道を歩いていなくちゃならないんだ。

凄まじいパニックの中でわたしは思った。同時に、こんなところを歩いていた老人に対する怒りの感情が沸々と湧き上がってきた。

その時、わたしの中で、もうひとりのわたしが囁いた。

逃げるのよ、すみれ。ここから逃げ出して、いつもの生活に戻るのよ。こんなおじいさんに、たった一度きりの人生をメチャクチャにされてたまるもんですか。

逃げる？　逃げ出す？

わたしはまた辺りを見まわした。やはり人影は見えなかったし、車のヘッドライトも見えなかった。

次の瞬間、わたしはスマートフォンをショルダーバッグに戻した。そして、路上に倒れている老人をそのままにし、十数メートル向こうにハザードランプを出して停止している軽自動車に向かって駆け出した。

運転席に乗り込むとすぐに、わたしは車を発進させた。バックミラーは見なかった。

5

その晩、わたしはいつもより三十分以上遅れて保育園に到着した。

わたしがドアを開けた瞬間、待ち侘《わ》びていたらしい裕太と歌織が「ママーっ！」と叫びながら駆け寄ってきた。

「遅くなってごめんね」

わたしはそう言って微笑んだけれど、その顔がひどく強ばっているのが自分でもよくわかった。


子供たちを自宅に連れ帰ったわたしは、吐き気を催すほどの恐怖と不安、そして、人を殺《あや》めてしまったという激しい罪悪感に苛まれながら、機械的に二階のベランダから洗濯物を取り込み、夫のワイシャツにアイロンをかけ、夕食の支度をし、浴槽に湯を張った。

家事を続けているあいだに、凄まじいまでのパニックは少しずつ収まっていき、代わりに、後悔の気持ちが込み上げてきた。

どうして逃げちゃったんだろう？

わたしは唇を嚙み締めた。

逃げるべきではなかったのだ。対人対物無制限の保険に入っているのだから、少なくとも金銭的な心配はなかったのだ。被害者の老人にもあんな暗い夜道に飛び出してきたという非があるし、わたしは優良運転者なのだから、もしかしたら、たいした罪にはならなかったかもしれないのだ。

けれど、わたしは逃げてしまった。

そう。わたしがしたことは、れっきとした『轢《ひ》き逃げ』だった。捕まれば重い罪に問われることは間違いなかった。


夫は東京に出張中で、今夜は自宅に戻ってこないことになっていた。

子供部屋で裕太と歌織を寝かしつけてから、わたしはひとりで寝室のベッドに入った。

いつも本当に疲れているから、ふだんのわたしは横になるとすぐに眠りに落ちる。けれど、今夜はいろいろな考えが次から次へと頭に浮かび、眠ることなどできそうもなかった。

このまま黙っていたらどうなるのだろう？　いつか警察がこの家にやって来て、わたしを連行するのだろうか？　もしそうなったら、わたしにはどんな罰が与えられるのだろう？　残された子供たちの面倒は誰が見るのだろう？　夫はわたしに離婚を迫り、子供たちの親権も奪おうとするのだろうか？

あの分岐点に戻りたい。あそこに戻って、いつもの道を走りたい。

だが、どれほど考えても、どれほど悩んでも、何かが変わるというわけではなかった。

このままだと、頭がおかしくなって、叫び声を上げてしまいそうだった。

正気を保つために、わたしはまた潤ちゃんのことを考えることにした。彼との激しい性行為のこと、を。

それを思い出しながら、わたしは自分の乳房や股間を揉みしだき始めた。

少なくとも、そうしているあいだだけは、あの老人のことを忘れられるはずだった。

6

あれは彼の二十八回目の誕生日、四年前の五月の夜だった。

あの晩、都内のイタリア料理店でお祝いを済ませたわたしたちは、彼のマンションではなく、SM行為の愛好家たちに人気だというホテルへと向かった。

わたしは気が進まなかった。けれど、そこに行くことに同意したのは、彼の誕生日祝いの一環のつもりだった。彼は以前からそのホテルに行きたがっていた。

ホテルの室内に足を踏み入れた瞬間、わたしは怖気《おじけ》づいてしまいそうになった。そこがそれほどにおぞましく、忌まわしい空間に感じられたからだ。

剝き出しのコンクリートの壁と床と天井に囲まれたその部屋には、女を蹂躙《じゅうりん》するだけのために作られた器具の数々が設置され、女を悶え苦しませるためだけに設計された道具が数えきれないほどたくさん用意されていた。

女体を壁に拘束する器具、床に拘束する器具、ベッドに拘束する器具、天井から宙吊《づ》りにする器具……女の局部に挿入したり、口に押し込んだり、性感帯に刺激を与えるための道具……鞭、蠟燭、手錠、足枷、口枷、ロープ、鎖……それはまさに拷問部屋だった。

怖かった。わたしはひどく怯《おび》えて、震えていた。けれど同時に、おぞましいそれらの器具や道具が魅力的にも感じられた。

そう。怯えていると同時に、わたしは期待に胸を高鳴らせてもいた。仄《ほの》かな高ぶりさえ感じていた。

サディストの彼に調教されてマゾヒストにされたのではなく、もしかしたら、わたしは生まれながらのマゾヒストなのかもしれなかった。

あの晩、怯えているわたしから、潤ちゃんが衣類と下着を乱暴に毟り取った。

あの日のわたしはマイクロミニ丈の白いワンピースと、とてもセクシーなデザインの純白のブラジャーと、半透明のショーツを身につけていた。

わたしは靴を脱ごうとした。けれど、潤ちゃんが『それは履いていていい』と言うので脱がなかった。

あの日のわたしは踵の高さが十五センチ近くある、赤いオープントゥのパンプスを履いていた。足首にはあの日も、彼からプレゼントされたアンクレットが巻かれていた。

わたしを裸にするとすぐに、彼はわたしの乳房の上下と、くびれたウェストと、太腿の付け根に太くて黒い革製のベルトを巻きつけ、天井から垂れ下がっている何本もの黒い鎖に繋いだ。その鎖は滑車を使って高さが調節できるようになっていた。

「潤ちゃん、怖い……怖いの……」

わたしは必死で訴えたが、潤ちゃんはその言葉に耳を貸そうとはしなかった。

続いて、潤ちゃんが木製の板に三つの穴の開けられた『ギロチン』と呼ばれる器具を取り出し、その中央の大きな穴にわたしの首を、左右の小さな穴に両手首をしっかりと挟み込んだ。さらにはわたしの膝の辺りに長さ五十センチほどの金属製のパイプをベルトで取りつけ、絶対に脚を閉じることができないようにした。

すぐに彼が滑車を使って、わたしを吊り上げ始めた。

そのことによって、わたしは二本の脚を大きく広げたまま、床から八十センチほどの高さのところにブランコのように宙吊りにされてしまった。

胸や腹部が圧迫されて苦しかった。四肢の自由を完全に奪われて、空中に浮かんでいるのが怖かった。

「怖い……潤ちゃん、怖い……」

わたしはまた必死で訴えた。けれど、彼は「怖くないよ」と笑って、自分も着ているものを脱ぎ捨てた。

彼の股間ではいつものように、巨大な男性器が真上を向いてそそり立っていた。

拘束されたわたしの体が水平になるように、彼は鎖の長さを調節した。そして、部屋の片隅にあった大型モニターのスイッチを入れてから、スマートフォンの操作を始めた。

やがてモニターの画面にスマートフォンからの映像が映し出された。全裸で空を飛んでいるスーパーマンのような恰好をしているわたしの映像だった。

「よし、これでいい」

彼は満足げに呟くと、わたしの周りをぐるぐると歩きまわりながら、様々な角度から撮影し始めた。

濃密な化粧が施された顔……それほど大きくはないけれど張りがあって形のいい乳房……わずかばかりの性毛に覆われた恥骨の膨らみ……さらには、すでにじっとりと潤んでいる女性器や肛門までを、潤ちゃんは至近距離から執拗《しつよう》に撮影した。その映像がわたしの目の前にあるモニターに次々と映し出された。

「そんなところまで撮らないでっ！」

股間のアップがモニターに映し出された時には、わたしは凄まじい羞恥心《しゅうちしん》に駆られて必死で体をよじった。自分のそこを、それほどはっきりと目にしたのは初めてだった。

だが、わたしは拘束された上に宙吊りにされているために、身動きをすることさえままならなかった。

「ちゃんと録画もしているから、あとでゆっくり、ふたりで観賞しような」

宙に浮かんだわたしの姿を撮影し続けながら、潤ちゃんが楽しげに笑った。

随分と長いあいだ、撮影を続けてから、潤ちゃんが部屋の片隅にあったガラス戸棚から透明な液体の入った小瓶を取り出した。彼はその瓶をわたしの背中の上で傾け、とろとろとしたその液体を体全体に塗り広げ始めた。潤ちゃんによれば、それは媚薬入りのアロマオイルだということだった。

たっぷりとオイルを塗り込まれたことによって、わたしの体は極めて淫靡《いんび》に、てらてらと妖しく光り始めた。

「すみれ、気分はどうだ？」

オイルを塗り続けながら、彼がとても嬉しそうに訊いた。

わたしは返事をしなかった。込み上げ続ける羞恥心に、体を強ばらせていただけだった。

彼にオイルを塗られているあいだに、どういうわけか体全体が火照《ほて》り始めた。もしかしたら、そのアロマオイルには本当に媚薬の成分が含まれていたのかもしれなかった。

「さて、それじゃあ、手始めにヴァイブを入れよう。すみれはヴァイブが似合う女だもんな」

女性器と肛門の内外にもオイルをたっぷりと塗り込むと、潤ちゃんがガラス戸棚からおぞましい電動の器具を二本も取り出した。どちらも、とても太くて、巨大な器具だった。

「いや……潤ちゃん……怖いわ……やめて……」

わたしはまたしても必死で訴えた。

だが、もちろん、彼がその訴えに耳を傾けることはなかった。

すぐに彼が巨大なその器具を、わたしの膣と肛門に押し込み、それぞれのスイッチをオンにした。

直腸と膣の内部で同時に発生した振動がたちまちにして全身に広がっていき、わたしは思わず体を痙攣させて、「あっ！」「ひっ！」などという声を漏らした。

だが、声を出し続けていることはできなかった。いつの間にか、目の前に仁王立ちになっていた潤ちゃんが、男性器の先端を唇に押しつけたからだ。

「いやっ……潤ちゃん、もう許してっ……」

わたしは必死で顔を背けた。だが、顎を鷲摑みにして無理やり口を開かされ、巨大なそれを口の中に深々と押し込まれてしまった。

その直後に、彼が宙吊りになっているわたしの体を、ブランコのように前後に動かし始めた。

体が前方に揺れるたびに、男性器が喉を荒々しく突き上げた。

それまでもわたしは彼から、さまざまな屈辱的な仕打ちを受けてきた。けれど、あれほどまでの屈辱を覚えたのは初めてだった。

けれど、自由を奪われたわたしにできたのは、白目を剝いて耐え続けることだけだった。

長い髪が揺れ、臍に嵌めた大きなピアスが揺れた。男性器を押し込まれている口から唾液が溢れ、コンクリートの床に絶え間なく滴り落ちていた。

いつの間にか、わたしの目からは涙が流れ落ちていた。悔し涙だった。

そのあいだもわたしの股間には二本の器具が突き立ったままで、それぞれが絶え間なく振動を続けていた。それらの器具が振動で押し出されてくるたびに、潤ちゃんは自分の手で再びそれを深く押し込み直していた。

凄まじい試練はとても長いあいだ続いた。あまりの苦痛に、わたしは息も絶え絶えという感じになっていた。

苦しかったし、悔しかった。今にも人格が崩壊してしまいそうだった。

もうダメだ……壊れる……心が壊れる……。

彼がわたしの口に精液を注ぎ入れたのは、わたしがそう思っている時だった。

「すみれ、口の中のものを飲み下せ。一滴残らず飲み下せ」

潤ちゃんが命じた。

わたしは泣きながら命令に従ったが、それは試練の始まりにすぎなかった。

7

空を飛ぶスーパーマンみたいな恰好で床から八十センチほどの高さに宙吊りにされ、四肢の自由を完全に奪われ、股間におぞましい二本の器具を深々と押し込まれ、潤ちゃんの精液を嚥下するように強要されたことで、すでにわたしの自尊心はずたずたに引き裂かれていた。

そう。もはや、わたしは人間ではなかった。奴隷でさえなかった。あの日のわたしは、彼の性欲を満たすためだけにある道具にすぎなかった。

あの晩の試練はなおも続いた。

拘束を解かれ、股間から器具を引き抜かれ、ぐったりと床に倒れ込んだわたしを、戸棚にあった縄を使って潤ちゃんが縛り始めたのだ。

わたしは必死で抗った。けれど、消耗し切ったわたしの体には、ほとんど力が残っていなかった。

薄茶色をした麻縄が、柔らかなわたしの皮膚に……細い二の腕に……張り詰めた乳房の周りに……くびれたウェストに……骨の突き出した腰に……そして、股間に、深々と食い込んだ。二本の腕は背後で交差するようにきつく縛られた。

「今夜はもう許して……これ以上いじめられたら、わたし、おかしくなっちゃう」

わたしは潤ちゃんに哀願した。だが、その願いが聞き入れられるはずはなかった。

すぐに潤ちゃんがＳＭ行為用の鞭を棚から取り出し、その鞭を振り上げてわたしを容赦なく打ち据え始めた。麻縄で縛られたわたしにできたのは、床の上で悶絶することだけだった。

鞭の次は蠟燭だった。茫然自失の状態で床に転がっているわたしの体の上で、潤ちゃんが火のついた真っ赤な蠟燭を傾け、体のいたるところに熱く溶けた蠟の雫を絶え間なく滴らせた。

わたしは泣き叫びながら、床の上を転げまわった。

ダメだ……壊れる……本当に心が壊れる。

呻き、喘ぎ、悲鳴を上げながら、わたしは何度も思った。

試練はさらに続いた。蠟燭を床に置いた潤ちゃんが再びわたしを犯し始めたのだ。

わたしはまず膣を犯され、次に肛門に男性器を挿入され、最後は肛門から引き抜かれたばかりの男性器を口に押し込まれ、彼の体液を再び口に注ぎ込まれた。

もはや彼は何も命じなかった。それにもかかわらず、わたしはまた口の中の精液を、何度も喉を鳴らして必死で飲み下した。

　あの晩のプレイは二時間半ほども続いた。ようやく潤ちゃんから解放された時には、わたしは立ち上がるどころか、目を開けることも辛いほどに消耗していた。

　犯され続けた膣と肛門が鈍い痛みを発していた。顎の関節もおかしくなっていた。強く縛られたために、体には麻縄の跡がくっきりと残っていた。

　その縄の跡は、その後もわたしの体に一ヶ月近くも残っていた。

「ひどいわ……ひどい……ひどい……ひどい……」

　わたしはポロポロと涙を流した。

　潤ちゃんが憎かった。絶対に許せないと思った。

　そんなわたしを潤ちゃんがそっと抱き締めて言った。

「ごめんな、すみれ。今夜はちょっとやりすぎた。ごめんな。許してくれ」

　その一言で、わたしは彼を許した。それどころか、次もまた、このホテルに来てもいいとさえ思った。

　ああっ、あの晩に戻れたら、どんなに幸せだろう。

　暗がりに沈んだ寝室の天井を見つめながら、わたしはまたしても、そんなことを思っていた。

8

翌朝、子供たちに朝食を取らせながら、慌ただしく出勤の用意をしていると、テレビのニュースでわたしが轢き殺してしまった老人のことが報じられた。

老人の名は笹原《ささはら》五郎《ごろう》というようだった。年は八十八歳だった。

笹原老人はあの事故現場から一キロほどのところに家族と暮らしていた。老人は何年も前から認知症を患っていて、ひとりで家を出て迷子になってしまうということが頻繁にあったようだった。昨夜もわたしに轢かれる二時間ほど前に行方がわからなくなって、家族が探していたのだという。

テレビの画面に生きていた頃の老人の顔写真が映った。あまり写りのいい写真ではなかったが、その顔はやはり猿に少し似ていた。

老人の写真を目にした瞬間、わたしの胸に強烈な罪悪感が込み上げてきた。同時に、いつ警察官がやって来るのだろうという恐怖にも駆られた。

「ママ、どうしたの？」

箸を動かす手を止めた裕太が、心配そうな顔でわたしを見つめた。

いつもとは違うわたしの態度に、子供たちも気づいたようだ。

子供たちを保育園に送り届けるために、わたしはいつもの時刻に家を出た。

暗く沈んだわたしの気持ちとは裏腹に、頭上には抜けるような晩秋の青空が広がっていた。冷たくて乾いた風が吹き抜けるたびに、庭に落ちた木の葉がカサカサと音を立てた。

子供たちを後部座席に乗せ、自分も車に乗ろうとした時、車のフロント部分が破損していることに気づいた。事故の時に壊れたに違いなかった。

えっ？　壊れてる？　破片はどこなの？

もちろん、その破片はすでに警察が押収しているのだろう。

そう考えると、居ても立ってもいられない気持ちになった。

事故の直前にわたしは急ブレーキをかけたから、道路にはそのタイヤの跡がくっきりと残っているに違いなかった。

日本の警察は優秀だから、きっといつか……早ければ、きょうのうちにも、わたしのところに警察官たちがやって来るはずだった。

もう何もしたくなかった。今すぐに自室に戻り、ベッドの中で頭を抱えていたかった。

けれど、そんなことが許されるはずもなかった。

「それじゃあ、保育園に行こうね」

顔が強ばらないように気をつけて後部座席の子供たちにそう言うと、わたしは込み上げる吐き気に耐えながら、フロント部分の壊れた軽自動車をゆっくりと発進させた。


勤務先のスーパーマーケットでは、何人もの同僚たちが近くで轢き逃げ事件があったという話をしていた。小さな町だから、その事件は大ニュースなのだ。

「どんな人が轢いたんだろう？　あんな年寄りを置き去りにして逃げるなんて、人間のすることじゃないよ」

わたしの直属の上司にあたる女の業務主任が、顔をしかめてわたしに言った。

「そうですね。どんな人なんでしょうね」

わたしはそう答えた。自分がとんでもなくひどい人間に思われて、胸を掻き毟りたいような気持ちになった。

きょうのわたしは仕事に集中できず、小さなミスをいくつもし、業務主任に何度も咎《とが》められた。

「林田さん、きょうは変よ。何か心配事でもあるの？」

「いいえ。何でもありません。すみません。集中します」

わたしはそう言って謝罪したが、やはり心ここにあらずという感じだった。

自首するべきなのだろうか？　それとも、このままにしておくべきなのだろうか？　自首すれば、いくらかでも罪が軽くなるのだろうか？

機械的に仕事を続けながら、わたしはそんなことばかり考えていた。


売り場を離れて事務所で業務報告をしていると、そこに制服姿のふたりの警察官がやって来た。

ついに来た！

そう思って、わたしは震え上がった。

けれど、警察官が来たのは、万引きの常習犯を逮捕するためだった。万引き犯の中年の女は、少し前に現行犯で店長たちに取り押さえられていたようだった。

報告を終えたわたしは、逃げるように事務所を出た。

脚が猛烈に震えていた。いや、脚だけでなく、全身が震え続けていた。


休み時間の休憩室では、同僚たちがテレビのニュースを見ていた。

ニュースなんて見たくなかったから、わたしはテレビに背を向けるようにして座った。

だが、その音声は否応なく耳に飛び込んできた。

わたしに轢き殺された笹原老人の娘が、マスコミのインタヴューに応じているようだった。犯人には早く自首して欲しいと言う娘の声が聞こえた。

ダメだ。わたしひとりでは、もう抱えきれない。

そう考えたわたしは、今夜、夫に告白することに決めた。

9

その晩、子供たちを寝かしつけてから、わたしは寝室で夫に、老人を轢き殺してしまったことと、警察に通報せずにその場から立ち去ってしまったことを涙ながらに打ち明けた。

「何だって……それは、本当なのか？」

わたしの話を耳にした夫が、見たことがないほど顔を強ばらせた。

「ええ。そうなの……わたし、轢き逃げをしてしまったの」

涙を溢れさせながら、声を震わせてわたしは言った。顎の先から涙が絶え間なく滴り落ちた。

「どうして……いったい、どうして逃げたりしたんだ？　なぜ、すぐに警察を呼ばなかったんだ？　なぜなんだっ！」

夫は激しく取り乱し、怒鳴るような口調でわたしをなじった。

「そんなに怒鳴らないで」

「これが怒鳴らずにいられるかっ！　説明しろっ！　なぜ逃げたっ！」

夫がさらに声を荒立てた。

「わたしにも、よくわからないの……わたし、すごく動転してしまって……気がついたら……気がついたら、逃げ出していたの」

わたしはさらに声を震わせた。

「お前は俺を、轢き逃げ犯の夫にしたんだぞ。裕太や歌織を轢き逃げ犯の子にしたんだぞっ！　すみれ、お前は俺や子供たちの人生をメチャクチャにしたんだぞっ！　それがわかっているのかっ！」

ほとんど半狂乱になって夫が叫んだ。

「ああっ、わたしはどうしたらいいの？　教えて……お願い……」

藁にもすがるような気持ちでわたしは言った。

「俺は知らない」

怒りに顔を歪めた夫が、突き放したかのように言った。

「知らないって……どういうこと？」

美男子という言葉とは対極にあるような夫の顔を、わたしは泣きながら見つめた。

「俺は何も聞かなかったことにする」

夫の口から出た言葉に、わたしは耳を疑った。

「そんな……」

「これからのことは、すみれ、お前がひとりで考えろ。警察に逮捕された時にも、俺のことは何も口にするな。俺は何も聞いていないんだ。俺は無関係なんだ。ああっ、畜生っ！

俺は轢き逃げをするような、とんでもない女と結婚しちまったんだっ！」

「わたしが逮捕されたら、子供たちはどうするの？　ちゃんと面倒をみてくれるの？」

「そんなこと知るかっ！　何もかも、お前がひとりで考えろっ！」

大声でまくし立て続けている夫の顔を、わたしは茫然と見つめた。

10

自宅に警察官がやって来たのは、その二日後、土曜日の昼前のことで、わたしは家族の昼食の支度をしていた。

その日はわたしも休みだったから、自宅には家族四人が揃っていた。

家の中にインターフォンの音が鳴り響いた瞬間、わたしは飛び上がらんばかりに驚いた。

来ないでっ！　お願いっ！

味噌汁《みそしる》を作る手を止めてわたしは願った。

夫がインターフォンに応じている声が聞こえ、続けて、ドアが開けられる音がした。

夫の声のほかに、太くて低い男の声が聞こえた。

「えっ、それは本当ですか？」

ひどく驚いているような夫の素《す》っ頓狂《とんきょう》な声が、キッチンにいるわたしの耳に届いた。

「すみれっ！　すみれっ！　警察の人が来ているぞっ！　お前に用があるそうだっ！」

夫が大声でわたしを呼んだ。

ああっ、終わりだ。これで終わりだ。

わたしはガス調理器の火を止め、音がするほど強く奥歯を嚙み締めながら玄関へと向かった。

玄関のたたきに、スーツ姿のふたりの男がいた。どちらもとても体の大きな男だった。

「この人たちが、お前が轢き逃げをしたって言ってるぞ。それは本当なのか？」

家中に響き渡るような大声で夫が言った。自分は知らなかったと、夫は本気で主張するつもりのようだった。

その声は本当に大きかったから、二階にいる子供たちにも聞こえたに違いなかった。

「逃げる気なんかなかったんです。とっさに……本当に、とっさに逃げてしまっただけなんです」

怖い顔をしてこちらを見つめている警察官たちに、わたしは声を震わせて言った。たちまちにして目が潤み、すべてのものがぼやけて見えた。

「林田すみれさんですね？　お伺いしたいことがありますので、署まで同行を願います」

警察官のひとりが言い、わたしは無言で頷いた。目から溢れた涙が頬を伝うのがわかった。

ふたりの警察官に挟まれるようにして玄関を出たわたしは、背後の夫を振り向いた。

ああっ、あの時、いつもの道を行っていたら……いや、この人ではなく、潤ちゃんと結婚していたら……。

わたしはまたそう思った。

第四話　冬の分岐点『命を拾った女』

1

少し前に日が暮れた。窓の外では小雪《こゆき》が舞っている。

わたしはマンションの十階にある自分のワンルームの部屋の窓辺で、淹《い》れたばかりの熱いコーヒーを飲んでいる。

わたしが生まれた日にも、こんなふうに小雪が舞っていたのだという。それで父がわたしに、小雪という名をつけたと聞いている。

けれど、わたしは雪が好きではない。雪の日にはろくなことが起こらないから。

可愛がっていた猫が死んだ日も雪だった。急性盲腸炎で入院した日も雪だったし、すべての大学受験に失敗したことがわかった日も雪だった。大好きな祖母が亡くなった日も雪が降っていたし、大好きだった恋人から別れを告げられた時も、こんな雪が舞っていた。

その嫌いな雪が、風が吹くたびに窓ガラスに吹きかかる。予報によれば、この雪は積もるというから、あしたの朝には窓の外は一面の銀世界になっているかもしれない。けれど、きょうは土曜日だし、あしたは日曜日で派遣先の会社は休みだから、どこにも出かけず、この部屋でゆっくりとすごせばいい。

わたしは窓に視線を向ける。ガラスにわたしの顔が映っている。きょうはどこにも出かけなかったから、その顔には化粧っ気がまったくない。

わたしはその顔に向かって、心の中で『おめでとう』と言う。

そう。きょうはわたしの二十七回目の誕生日なのだ。

去年は万里《まり》が花束をくれた。けれど、今年は祝ってくれる人は誰もいない。だから、今夜は宅配便でさっき届いたケーキを食べ、シャンパーニュを開けてひとりで誕生日を祝うつもりだ。

早くもぬるくなり始めて、少し苦くなったコーヒーをそっと啜《すす》る。そして、ちょうど一年前、二十六歳の誕生日のことを思い出す。

ほかの人たちと同じように、わたしの人生にもいくつもの分岐点があった。進学、就職、転職、恋人との別れ……けれど、最大の分岐点は、間違いなくあの日、ちょうど一年前のきょうだった。

一年前のわたしの二十六歳の誕生日。

あの金曜日は北風がとても冷たくて、朝から雪が降ったり止《や》んだりを繰り返していた。

2

今と同じように去年のきょうも、誕生日だからといって特に祝ってくれるような人はいなかった。派遣先の会社ではあの日も、いつもと何も変わらぬ時間がすぎていった。何十人もいる派遣社員のひとりにすぎないわたしに、『おめでとう』と言ってくれる人もいなかった。最後に付き合っていた男とは、その少し前に別れていた。

あの日、経理事務の仕事を定時で終えてオフィスを出たわたしは、キャリーバッグを引いてオフィスの近くのシティホテルに行った。

ホテルに着くと、一階にあるトイレで、体にぴったりと張りつくようなマイクロミニ丈の黒いワンピースに着替え、フェイクファーの真っ白なハーフコートを羽織った。そして、薄化粧だった顔に濃密な化粧を施し直し、栗色に染めた長い髪をブラシで整え、たくさんの派手なアクセサリーを身につけ、地味なパンプスからとても踵の高い白いニーハイブーツに履き替え、最後に香水をたっぷりとつけ直した。

さあ、行くわよ。頑張るのよ、小雪。

鏡の中の化粧の濃い女の顔を見つめて、わたしは自分にそう言った。

その顔は満足できるほどに綺麗だったし、可愛らしくもあった。けれど、これからのことを考えてか、少し強ばっていた。

ホテルを出て歩き出すとすぐに、たくさんの男たちの視線を感じた。そのほとんどが欲望に満ちた視線だった。男たちの何人かは、わたしの全身を舐《な》めまわすかのように不躾《ぶしつけ》に見つめた。

けれど、不愉快だとは感じなかった。それどころか、絡みつくような男たちの視線を浴びることに、わたしは喜びさえ感じていた。

そう。わたしはたぶん、ナルシストなのだ。昔から、人々の注目を浴びるのが大好きなのだ。

わたしが派遣されていたのはお堅い会社だったから、厚化粧をしたり、香水のにおいを撒き散らしたり、派手な衣類を身につけたりするわけにはいかなかった。けれど、会社が休みの週末のわたしは、いつも濃密な化粧を施し、扇情的な衣類をまとい、たくさんの派手なアクセサリーを身につけて街に繰り出していた。

いくらでも見ていいのよ。好きなだけ見ていいのよ。

いやらしい目でこちらを見ている男たちに、わたしは心の中でそう告げた。

そんなわたしでも、あの日は本当に寒かったから、あんなに丈の短いワンピースで屋外を歩くのはかなり辛かった。雪まじりの風がスカートの裾から吹き込むたびに、わたしはその冷たさに震え上がった。


いつものように、あの日も、わたしは地下鉄を乗り継いで目的地へと向かった。あの晩の仕事先は都心に聳《そび》え立つ一流ホテルだった。

目的地の駅の改札口ではすでに、キャリーバッグを手にした万里が待っていた。同い年の万里は、わたしのただひとりの親友だった。

わたしも容姿にはそれなりの自信を持っていた。けれど、万里はわたしよりさらに美しい人だった。

そう。万里はわたしより、間違いなく綺麗だった。すごく悔しいけれど、それは認めないわけにはいかなかった。

わたしと同じように、あの日の万里はマイクロミニ丈のワンピースの上にフェイクファーのコートをまとい、彫りの深い顔に濃密な化粧を施し、たくさんのアクセサリーを光らせ、ジャスミンを思わせる香水の強い香りを辺りに撒き散らしていた。あの晩の万里は、わたしたちが『キャバヒール』と呼んでいる、とても踵の高いエナメルのパンプスを履いていた。

ファッションモデルみたいな体型で、西洋人のような顔立ちの万里には、そんな恰好がとてもよく似合っていた。

「遅れてごめん。待った？」

万里の前に立ってわたしは謝罪した。わたしも背が低いほうではなかったが、そんなふうに向き合うと、万里の目はわたしのそれより十センチ近く上にあった。

「大丈夫。わたしも今、来たところ。小雪、誕生日、おめでとう」

昼のあいだから真っ白な歯を覗かせて笑った万里が、とてもシックで洒落た花束をわたしに差し出した。

「ありがとう、万里。嬉しい」

花束を受け取ったわたしは、そう言って万里に笑顔を返した。花束をもらったのは一年前の誕生日に、やっぱり万里からプレゼントされて以来だった。

「喜んでもらえてよかった」

万里がまた笑った。その笑顔は、同性のわたしでも見惚れてしまうほど美しくて魅力的だった。

「うん。でも、最近は誕生日なんて、ちっとも嬉しくないな」

そう言うと、わたしは顔をしかめてみせた。

「わたしもそうだよ」

「誕生日だっていうのに、これから仕事だしね」

「そうだね。気が重いね」

今度は万里が顔をしかめた。万里は本当に美人だったから、そんな顔もまた美しかった。

「今夜はすごく寒いね」

「うん。でも、そのブーツ、あったかそうだね。小雪に本当によく似合ってるよ。買ってよかったね」

万里が言った。わたしが履いている白いニーハイブーツは、万里が一緒に選んでくれたものだった。革製でかなり高価だったが、こんな寒い夜にはうってつけだった。


あの晩、わたしは万里とふたりで指定されたホテルへと向かった。都心に聳え立つ超一流ホテルだった。

万里と並んで歩いていると、ひとりでいた時よりさらに多くの男たちの視線を感じた。そんな視線を浴びながら、わたしたちは背筋を伸ばして颯爽《さっそう》と歩いていった。

わたしと同じように、万里も見られるのが好きだった。

ホテルに着いた頃には、雪が少し激しくなっていた。わたしたちは身を貫くような風の冷たさに凍えていたから、暖房の効いたロビーに足を踏み入れた時には心の底からホッとした。

「出張って、すごく緊張する。いつになっても慣れない」

万里がまた顔をしかめて言った。鏡のように磨き上げられた大理石の床に、派手な恰好をしたわたしたちふたりの姿が映っていた。

「わたしもだよ。ものすごく緊張して、ドキドキしてる」

そう言いながら、わたしはこちらを見つめているふたりの男たちの存在に気づいた。

「あの人たちかな？」

男たちから視線を逸《そ》らしてわたしは言った。

「うん。そうみたいだね。小雪、頑張ろうね」

万里が言い、わたしは「うん。頑張ろう」と小さな声で返事をし、強ばりかけている顔を歪めるようにして微笑んだ。

3

わたしの名は小雪。江藤《えとう》小雪。

雪がちらついていた十二月の朝に、わたしは富山県の県庁所在地から少し離れた町で生まれ、人口一万人ほどのその小さな町で二十歳まで暮らした。

父は地元の信用金庫の職員で、母は自宅近くの郵便局でパートタイムの仕事をしていた。

ふたつ違いの姉がいたけれど、その姉は生まれた時から体がとても弱くて、わたしが八歳の時に亡くなってしまった。

わたしは子供の頃から華奢な体つきで、力はなかったけれど、体が柔らかくて運動神経は悪くなかった。高校時代のわたしは新体操部に所属していた。たいした選手にはなれなかったけれど、見られることが好きなわたしに、新体操という競技は合っていた。

高校を卒業したら、東京の大学に進学するつもりだった。けれど、受験した大学にはすべて落ちてしまい、しかたなく地元の専門学校で経理を学んでから二十歳で上京し、今も住んでいるワンルームマンションでひとり暮らしを始めた。

最初に就職したのは従業員五十人ほどのアパレルメーカーだった。わたしはその会社で、四十代半ばの社長の秘書として働いた。

いや、最初は経理として採用されたのだけれど、入社して一ヶ月もしないうちに社長秘書を命じられたのだ。

社長秘書は、わたしのほかにもうひとりいて、中年のその男の人がほぼすべての秘書業務をやってくれた。だから、秘書とは名ばかりで、わたしがしていたのは社長の付き人みたいなことだった。

あの会社でのわたしは、たいていは社長室に社長とふたりでいて、お茶を淹れたり、電話に出たり、コピーをしたり、社長に代わって取引先にメールを書いて送ったりという箇単なことだけをしていた。

社長はわたしに、オフィスではいつも華やかな衣類を身につけ、踵の高いパンプスを履き、しっかりと化粧をしているようにと命じた。爪も伸ばして、ジェルネイルをしているように言われていた。

そんなこともあって、あの頃のわたしは毎日、場違いなほどに着飾って出勤したものだった。

商談に出かける時には、社長はいつもわたしを同行させ、取引相手と話している自分のすぐ傍《そば》にわたしを座らせた。そんな社長の隣で、わたしは頷いたり、微笑んだりということをしていただけだった。

仕事はとても簡単だったし、給料もなかなかのものだった。キャバ嬢みたいに着飾って会社に行けるというのも気に入っていた。

けれど、その会社は二年ほどで退職してしまった。

退職の理由は社長のセクハラだった。会社が終わってから社長とふたりきりで食事に行ったり、お酒を飲みに行ったりするのが嫌だったのだ。

酔っ払うと社長は、馴《な》れ馴《な》れしくわたしの肩を抱いたり、腰に手をまわしたり、太腿を撫《な》でたりした。無理やり抱き締めて、キスをしようとしたことさえ何度かあった。

わたしが辞めさせて欲しいと言うと、社長は辞める代わりに自分の愛人にならないかと提案した。

わたしはその提案を即座に断った。愛人という言葉の響きに、とても強い嫌悪感を覚えたのだ。

けれど今では、断らなければよかったかもしれない、あの社長の愛人になっていればよかったかもしれないと思うこともある。

もし、そうしていたら、わたしは今とはまったく別の世界に生きていたのだろう。少なくとも、雪のちらつく寒い夜に、あんな恰好で、あんなところに行かなくて済んだのだ。


そのアパレルメーカーを辞めてからのわたしは、派遣会社に登録していろいろな企業で主に経理の仕事をした。ボーナスはなかったが、わたしは派遣社員という自由な身分が気に入っていたから、正社員になりたいと考えたことはなかった。

酒類販売会社の経理部に派遣されていた時に恋人ができた。同じ会社の営業部に勤務していた二歳年上の男の人で、わたしは二十三歳だった。

明るくて、気さくな性格の彼がわたしは大好きだった。彼もわたしを愛してくれていたと思う。

けれど、その彼とは二年ほどで別れてしまった。彼の浮気が原因だった。

わたしは心の中で涙したけれど、取り乱すことはなかったたし、『捨てないで』と言って泣きつくようなこともしなかった。

その後もわたしは何人かの男の人と付き合った。けれど、どういうわけか、誰とも長くは続かなかった。

何人かの男は別れ際に、ひどい捨て台詞《ぜりふ》を吐いていった。わたしが家庭的でないとか、派手好きだとか、浪費家だとか、男好きだとか、そんなような言葉だった。

万里とホテルに向かったあの頃には、わたしには恋人はいなかった。その少し前に別れた男は、最後に会った時にわたしのことを、誰とでも寝る淫乱な女だと言った。

浪費家だと言われたことはあったが、わたしは決して浪費家というわけではないと思う。けれど、流行にはとても敏感で、欲しいと思うと、少し無理をしてでも買ってしまうような性格ではあった。

洋服、バッグ、パンプスやサンダル、アクサセリー、コロンや香水、小物類……会社帰りに街を歩くと、欲しいものが次から次へと視界に飛び込んできた。

そんなこともあって、東京で暮らすようになってからのわたしは、いつもカードローンなどの返済に四苦八苦していた。

その借金の返済のために、わたしは派遣の仕事が終わってからファミリーレストランでウェイトレスのアルバイトをするようになった。

そのファミリーレストランで、万里がやはりアルバイトのウェイトレスとして働いていた。

万里は小さな貿易会社で正社員として勤務していたが、その会社はお給料が安いようで、わたしと同じように彼女もローンの返済に苦労していた。それで、会社が終わってからその店でウェイトレスをするようになったということだった。

同い年のわたしたちはとても気が合った。ふたりともお洒落が好きで、買い物が好きだったから、休みの日にはよくふたりでショッピングをしたり、映画を見たり、一緒に居酒屋でお酒を飲んだりしたものだった。ネイルサロンやヘアサロン、エステティックサロンなどにもふたりで一緒に行った。

万里もわたしも会社では派手な恰好はできなかった。けれど、爪だけは長く伸ばして、いつも派手なジェルネイルを施していた。

万里とふたりでいると、男たちから頻繁に声をかけられた。

そんな男たちと居酒屋で飲むこともあったし、カラオケボックスに行くこともあった。

万里もわたしも、そういう男たちを恋人にしていたこともあった。

万里はかなり奔放な性格で、いろいろな男たちと付き合っていた。ふたりの男と同時に付き合っていたこともあるようだった。

だが、万里を責めるのは間違いだ。彼女はそれほどモテたのだ。

その万里から『ねえ、小雪、もっとお金になる仕事をしない？』と誘われて、わたしたちはファミリーレストランを辞めて、会社が終わってから風俗店でアルバイトをするようになった。

万里はやる気満々だったが、わたしには風俗店で働くことに強い抵抗があった。見ず知らずの男の相手をすることに恐怖も感じた。

それでも、その店から支払われる報酬は魅力的だった。

あの頃、ファミリーレストランでアルバイトをしていたにもかかわらず、わたしの借金は年収に迫るほどに膨らんでいた。万里もそのようだった。

「万里が一緒なら、そこで働いてもいいよ」

あの日、わたしは万里にそう返事をした。

その風俗店は『本番なし』ということになっていた。だが、客が現金を差し出した時には、お金欲しさに性行為をさせてしまうこともあった。喉から手が出るほど、お金が欲しかったのだ。

はっきりと訊いたことはないが、万里も同じことをしていたようだった。わたしたちはどちらも、いつも本当にお金に困っていたから。

その風俗店では出張サービスもしていた。去年のわたしの誕生日にはふたりの男たちに呼ばれて、わたしは万里と一緒に指定されたホテルへと向かった。

体を売るために？

もちろん、その通りだった。

4

あの夜、都心の一流ホテルのロビーでわたしたちを待っていたふたりの男は、どちらも三十代の半ばくらいに見えた。

男たちはどちらも高価そうなスーツを身につけ、洒落たネクタイを締め、磨き上げられた黒革製の靴を履き、一流ブランドのバッグを持っていた。

スーツの上からでも、ふたりがとても引き締まった逞しい体つきをしていることがはっきりとわかった。真冬だというのに、ふたりとも真っ黒に日焼けしていた。

男のひとりは上品で優しそうな顔をしていた。だが、もうひとりは粗野で乱暴そうな顔つきに見えた。男たちはどちらも、そのホテルに宿泊しているということだった。

最初、わたしはふたりを日本人だと思った。けれど、話してみると、ふたりとも外国から来た人たちのようだった。

「お前ら、どっちが俺の相手をしてくれるんだ？　俺はどっちでもいいぞ」

粗野な雰囲気の男が、かなりアクセントのおかしい日本語で訊いた。その男は欲望のこもった目つきで、万里とわたしの体を舐めまわすように見つめていた。

「僕もどっちでもいいです。君たちが決めてください」

今度は上品な顔の男が、やはりアクセントはかなりおかしいけれど、落ち着いていて、聞き取りやすい口調で言った。

「誕生日だから、小雪が決めていいよ」

万里がわたしの耳に顔を近づけ、小さな声で言った。

「いいの？」

わたしもまた小声で訊いた。

「いいよ」

わたしの顔を見つめて、万里が優しく微笑んだ。

それでわたしは上品な顔をした男を選んだ。

「やっぱり、そう言うと思った」

万里が笑った。

「ごめんね。でも、本当にいいの？」

「いいよ。誕生日だもん」

また万里が笑った。だが、その顔はかなり緊張しているようにも見えた。

わたしたちは二時間後に今いるロビーで待ち合わせて一緒に帰ることにし、わたしは上品そうな顔の男と、万里は粗野で乱暴そうな男と、それぞれが宿泊している部屋へと向かった。

間もなくクリスマスだったから、ロビーには巨大なツリーが飾られていた。ツリーの前で写真を撮る家族連れやカップルの姿が目についた。

そんな人々がわたしの目には、とても幸せそうに映った。同時に、少しのお金のために、男たちに性的な奉仕をしなければならない自分たちがとても惨めに思われた。

5

わたしが選んだ男が宿泊していたのは、そのホテルの高層階にある、目を見張るほどに豪華な部屋だった。

その客室は居間と寝室とに分かれているようだったが、入ってすぐのところにある居間は広々としていて、窓が大きくて、とても明るくて清潔だった。

その部屋には豪華なソファのセットと、テーブルと椅子のセットと、ライティングデスクが置かれていて、床の上では大きな陶製の花瓶に美しい花が生けられていた。壁には外国の風景を描いたと思われる油絵が、洒落た額に収められて飾られていた。

大きな窓からは大都会の夜景が見下ろせた。

光、光、光、光……それはまるで地上の銀河のようだった。いや、発光する無数のビーズをばら撒いたかのようだった。

窓の外では相変わらず、小雪が舞い続けていた。だが、その部屋の空気はとても暖かくて乾いていた。

男がすぐにわたしに背を向け、隣の寝室へと向かった。わたしはテーブルの上に万里からもらった花束を置いて、フェイクファーの白いコートを着たまま、仕立てのいいスーツに包まれた男の背中を追った。

寝室は居間とほぼ同じ広さだった。そこにはキングサイズの巨大なベッドがふたつ並べられていた。窓のカーテンはすべて全開になっていて、そこからやはり地上の銀河が一望できた。ベッドの背もたれの上には、やはり外国の風景を描いたらしい油絵が掛けられていた。

「すごく素敵なお部屋に泊まっていらっしゃるんですね」

物珍しげに室内を見まわして、わたしは男に言った。微笑んでいたけれど、緊張のために脚が震えていた。

だが、男は返事をしなかった。

外国人だから、わたしの言ったことが理解できなかったのかな。

そう思っているわたしの前に、男が一万円札の束を突き出した。

「あの……お金は前払いでいただいているはずですけど……」

目の前の現金の束と、上品そうな男の顔を交互に見つめてわたしは言った。

わたしが所属している店は前払いが原則で、彼らは予約時にクレジットカードなどを使って支払いを済ませているはずだった。

「チップです」

澄んだ目でわたしを見つめて男が言った。

そう。男は驚くほど澄んだ目の持ち主だった。

「チップ……ですか？」

「そうです。その代わり、僕はあなたに好きなことをする。あなたはわたしに何をされても、絶対に文句を言わない。それでいいですか？」

やはり、とてもアクセントのおかしい日本語で男が言った。

「何をされても、絶対に文句を言わない……ですか？」

わたしは鸚鵡《おうむ》返しに訊き返した。

「そうです。どうします？　チップを受け取りますか？　受け取りませんか？」

男が言い、わたしは差し出された一万円札の束をまじまじと見つめた。チラッと見た感じでは、少なくとも二十枚ほどはありそうだった。

二十万円。それは風俗店からわたしに支払われる今夜の報酬の何倍もの額だった。

「あの……受け取らせていただきます。ありがとうございます」

わたしは差し出された現金に手を伸ばし、男の目の前で、手にしたそれを急いで数えた。

一万円札は全部で二十五枚もあった。

わたしは心の中で歓喜した。素晴らしい誕生日プレゼントに思えたのだ。そのお金があれば、今月の支払いには苦労をしなくて済むはずだった。

「それじゃあ、契約は成立ですね」

恐ろしく澄んだ目をした男が、白い歯を見せて笑った。

その笑顔は本当に魅力的で、わたしも思わず笑みを返した。

6

わたしは受け取った二十五枚の一万円札を、バッグの中の財布に納めた。そんなにたくさんの現金を、その財布に入れたのは初めてだった。

「ありがとうございます」

深く頭を下げてから、わたしは男の澄んだ目を見つめて、またにっこりと微笑んだ。

だが、次の瞬間、思ってもみなかったようなことが起きた。男が右手を高々と振り上げ、勢いよく振り下ろしたその掌《てのひら》で、わたしの左の頬を力任せに張ったのだ。

凄まじい衝撃が顔の半分に襲いかかった。

ピシャッという鋭い音が響くと同時に、わたしの顔はほとんど真横を向いた。口から出た唾液が、遠くまで飛んでいくのが見えた。

それまで付き合ってきた男の何人かは、わたしに暴力を振るった。だが、それほど激しく殴られたのは、生まれて初めてだった。

その一撃で、わたしは意識を失いかけ、膝を折ってその場に蹲《うずくま》りかけた。けれど、蹲ることはできなかった。男が髪を鷲摑みにして力ずくで立ち上がらせ、今度はわたしの腹部に拳を深々と突き入れたのだ。

「ぐふっ……」

背骨にまで達するような衝撃に、わたしは体をふたつに折って低く呻いた。息が完全に止まり、目が眩んだ。口から溢れた胃液が、大理石の床にたらたらと滴り落ちるのが見えた。口の中が切れたために、その胃液には血液が混じっていた。

立っていられなかったが、髪を強く摑まれていたから、蹲ってしまうこともできなかった。鷲摑みにされたままの髪の何本かが抜けるのを感じた。

悲鳴を上げたかった。けれど、息をすることさえ容易ではなく、声を出すことなどできなかった。

男の暴力はさらに続いた。体をふたつに折り曲げて苦しんでいるわたしの背中、肩甲骨のあいだに、男が強烈な肘打ちを喰《く》らわせたのだ。

「げっ……」

わたしはまた低く呻くと、ひんやりとした大理石の床に両手を突いた。派手なジェルネイルに彩られた長い爪が涙に霞《かす》んで見えた。

どうして？　どうしてなの？

なぜ、これほどまでの暴力を振るわれているのかが、わたしにはまったくわからなかった。

「自分の足で立て」

アクセントのおかしな言葉でそう命じると、髪を鷲摑みにしたままの男が、わたしを力ずくで立ち上がらせた。

やめてください。

わたしはそう言おうとした。けれど、わたしにできたのは必死で呼吸をすることだけで、言葉を発することはできなかった。

すぐに男がハーフコートの襟首を両手で摑み、自分はわたしにくるりと背中を向けた。

そして、柔道の背負い投げをするかのように、朦朧《もうろう》となっているわたしを力任せに投げ飛ばした。

軽量のわたしは一瞬にして宙に浮き上がり、ほとんど一回転して巨大なベッドの上に背中から叩きつけられた。

ベッドの上でわたしはまたしても悶絶した。

怖かった。殺されるかもしれないと思った。

強く張られた左頬は焼けるように熱くなっていて、早くも腫《は》れ上がっていた。左の耳ではキーンという甲高い音がしていて、ほとんど聞こえていないようだった。口からは今も血の混じった胃液が流れ出ていた。

そんなわたしに男がまた襲いかかってきた。男はわたしからハーフコートを乱暴に脱がせ、体に張りつくような黒いワンピースを荒々しく引き千切り、万里と一緒に行ったランジェリーショップで買ったばかりの真っ白な洒落たブラジャーを毟り取り、お揃いの小さなショーツを力任せに引き千切った。

布の裂ける音が立て続けに聞こえた。けれど、息も絶え絶えという状態のわたしにできたのは、柔らかな羽毛の掛け布団の上で悶絶を続けることだけだった。

白いニーハイブーツを履いただけの裸のわたしの髪を、男がまたしても左手で鷲摑みにし、上半身を無理やり起こさせた。そして、さっきもしたように右手を高々と振り上げ、わたしの左の頬に向かって、再びその手を力任せに振り下ろした。

その凄まじい一撃で、わたしはついに完全に意識を失ってしまった。

7

いったい、どれくらいのあいだ、意識をなくしていたのだろう。

肛門に襲いかかってくる激烈な痛みに、わたしは朦朧となりながらも意識を取り戻した。

わたしは俯せになっていたから、反射的に前方に這い出そうとした。けれど、それはできなかった。澄んだ目をしたあの男が、わたしの背中を強く押さえつけていたからだ。

男は太っていなかったけれど、恐ろしく力が強かった。

スーツ姿だったはずの男は、いつの間にか全裸になっていた。

「いやっ……もう許してっ……」

首を捻《ひね》るようにして背後の男を見つめ、わたしは必死で哀願した。

男は鍛え上げられた体つきをしていた。それはまさに、筋肉の鎧《よろい》をまとっているかのようだった。そして、その股間では恐ろしく巨大な男性器が、ほとんど真上を向いてそそり立っていた。

俯せの姿勢で押さえ込んだわたしの肛門に、男はおぞましい器具を無理やり押し込もうとしていた。それが激痛の原因だった。

わたしは震え上がった。たくさんの男と付き合ってきたけれど、肛門を犯されたことはそれまでには一度もなかったから。

「痛いっ！　やめてっ！　やめてくださいっ！」

必死の身悶えを続けながら、わたしは叫んだ。顔の左側がさらに腫れ上がっているのがわかった。

男はわたしの訴えに耳を貸そうとはせず、おぞましくて巨大な器具を肛門に力ずくで押し込み続けた。無理やり広げられた肛門が裂けるのがわかった。

けれど、わたしにできたのはやはり、ジェルネイルに彩られた指でシーツを鷲掴みにし、「痛いっ！」「痛いっ！」と叫びながら悶絶することだけだった。

「よし。入った」

わたしの背中を左手一本で押さえ続けている男の声が真上から聞こえた。その直後に、直腸内に深々と埋没しているらしいおぞましい器具が、鈍いモーター音を立てながら振動を開始した。

不気味な刺激が全身に広がり、わたしは亀のように首をもたげて必死で訴えた。

「ああっ、いやっ……許してっ……こんなこと、もうやめてっ……」

けれど、外国から来たらしい男に、その言葉が理解できたかどうかはわからなかった。

男はわたしの背中を左手で押さえつけたまま、肛門に挿入された忌まわしい器具を右手で出し入れした。

「気分はどうだ？」

わたしの顔を覗き込むようにして男が訊いた。

こんな時だというのに、わたしはその男の目をとても綺麗だと思った。


十分以上にわたって、わたしはその器具を肛門に押し込まれていた。激痛が絶え間なく襲いかかり、いつの間にか、わたしの全身は噴き出した脂汗に塗れていた。

首をもたげて叫び続けていたわたしの声が嗄《か》れ始めた頃、男が器具のスイッチを切り、それをゆっくりと肛門から引き抜いた。

ああっ、やっと終わった。

わたしは安堵《あんど》した。だが、終わりではなかった。その直後に、男がわたしの背中に身を重ね合わせ、いきり立った男性器を肛門にねじ込み始めたのだ。

たった今までとても太い器具が挿入されていたことによって、肛門が広げられていたのかもしれない。男の性器は本当に巨大だったけれど、あっけないほど簡単にわたしの直腸の中にずぶずぶと沈み込んでいった。

男性器がわたしの中に根元まで埋没すると、背中に乗っている男が両手でわたしの髪を強く摑み、荒々しく前後に腰を打ち振り始めた。

「あっ！　いやっ！　いやっ！　いやーっ！」

巨大な男性器が直腸の中を何度も勢いよく走り抜け、わたしの口から漏れる悲鳴と、肉と肉とがぶつかり合う鈍い音とが広々とした寝室に延々と響き続けた。

男は腰を動かし続けながら、わたしを無理やり振り向かせて唇を重ね合わせ、口の中に舌を深く押し込んできた。

悔しかったし、辛かった。だが、非力なわたしにできることは、もはや何ひとつなかった。

おそらく、十分以上にわたって、男はわたしの肛門を乱暴に犯し続けていたが、やがて巨大な男性器を引き抜いて立ち上がり、わたしの顔の前に素早くまわり込んだ。

「咥えてください」

男がわたしの唇にいきり立ったままの男性器を押し当てて言った。

たった今まで、大便を排泄するための器官に押し込まれていた男性器からは、言葉にできないほど不気味なにおいが立ち上っていた。

「いやっ……いやっ……」

わたしは必死で男性器から顔を背けようとした。

けれど、髪を摑まれていたから、顔を横に向けることもままならなかった。

男は指で頬を強く押して、わたしの口を無理やり開かせた。そして、粘膜や血液に塗れた男性器を、口の中に強引に押し込んだ。

「うっ……ぐっ……」

わたしは白目を剝いて低く呻いた。

そんなわたしの髪を強く摑み、男がわたしの顔を荒々しく振り動かし始めた。血と粘膜に塗れた男性器が、唇を強く擦りながら出たり入ったりを繰り返した。

口の中の性器は本当に太くて、本当に硬かった。まるでスリコギを押し込まれているかのようだった。

男性器の先端が喉を突き上げるたびに、強烈な吐き気が込み上げた。けれど、わたしにできたのは、鼻で呼吸を確保しながら、必死で耐え続けることだけだった。

オーラルセックスをすることには慣れていた。だが、あれほど激烈に口を犯されたのは初めてかもしれなかった。

いったい何分ぐらい口を犯されていたのだろう。五分だったのだろうか？　十分だったのだろうか？

いずれにしても、それは永遠のように感じられた。

酸欠で頭がぼうっとなり、再び意識が遠のきかけた頃、口の中の男性器が不規則な痙攣を繰り返し始めた。男性器は痙攣するたびに、信じられないほど大量の体液をわたしの口の中に放出した。

「こぼさないで。飲んでください」

痙攣の終わった男性器を引き抜いて男が命じた。

すでに朦朧となっていたわたしは、それほど嫌悪を感じることもなく、おびただしい量の口の中の体液を、ポタージュを飲むかのようにして飲み下した。


二十五万円の現金を手にした時は嬉しかった。だが、その代償は驚くほど高いものについた。

その後も男はわたしの頬を強く張ったり、髪を摑んで大理石の床を引き摺《ず》りまわしたりしながら、悶絶するわたしを延々といたぶり、これでもかと言うほど徹底的に犯し続けた。

上品で優しそうな容姿とは裏腹に、その男は本当に凶暴で、本当に性欲が旺盛だった。まさに、性欲に支配された野獣だった。

あの晩、四つん這いの姿勢で背後から凌辱され、髪を振り乱して呻きながら、わたしはなぜか急に、富山の実家に暮らしていた頃に、姉や両親や祖父母たちから祝ってもらった幸せな誕生日を思い出した。

まだ姉が生きていたから、あれはわたしの八歳の誕生日だったのだろう。もしかしたら、七歳だったのかもしれない。あの晩、みんなが『Happy birthday』を歌ってくれ、わたしはみんなに見守られながら胸いっぱいに息を吸い込んで、大きなケーキに立てられた蠟燭の火を吹き消した。

ひと吹きですべての蠟燭の火が消えて、みんなが一斉に拍手をしてくれて、わたしは強い幸福感に包まれた。

ああっ、どうしてこんなところにいるのだろう？　わたしはいったい、どこで道を間違えてしまったのだろう？

自分がとんでもなく遠いところに来てしまったような気がした。

8

何度も男性器を突き入れられた膣や肛門がずきずきと激しく痛んだ。長時間にわたって男性器を咥えさせられていたために、顎の関節もおかしくなりかけていたし、首の筋肉も強い痛みを発していた。

もうひとりの男を選んでいたら……そうしたら、こんなひどい目には遭わなくて済んだのではないだろうか。

髪を鷲摑みにされて口を犯されながら、わたしはそんなことを思っていた。だが同時に、こんな目に遭わされるのが、万里ではなくてよかったとも思った。

どちらにしても、人生で最低の誕生日であることは間違いなかった。

「万里の相手をしている人も、あなたみたいなサディストなの？」

三度目か四度目に男の体液を飲み下した時に、わたしはかすれた声で男に訊いた。その時にはもう、涙も出なくなっていた。

アクセントはおかしかったが、男は日本語を聞き取る力は高いようで、すぐにわたしの質問に答えた。

「いや。ああ見えても、あいつは紳士なんです。だからきっと、あっちの女はいい思いをしていると思いますよ」

それを聞いたわたしは、心の底から万里を羨ましく思うと同時に、ホッとした気持ちにもなった。


約束の二時間がすぎて、男はようやくわたしを解放してくれた。

男がワンピースと下着を引き裂いてしまったから、わたしはキャリーバッグの中にあった通勤用の衣類をじかに身につけて帰るつもりだった。

「今夜はありがとうございました」

全裸のまま、わたしは男に頭を下げた。

激しく凌辱されていた時には、その男が憎くてしかたなかった。殺してやりたいとさえ思った。

けれど、その時にはもう、身も心もボロボロになっていて、どうでもいいような気分になっていた。一刻も早く衣類を身につけ、その男の前から立ち去りたかったのだ。

部屋の片隅に置かれたキャリーバッグに歩み寄ろうとしたわたしに向かって、男が尿を飲んでみないかと言い出した。わたしと同じく、男もいまだに全裸のままだった。

「できません。お断りします」

わたしは即座にそう答えた。尿を飲むなんて、想像するだけでおぞましかった。

「これでもダメですか？」

アクセントのおかしい日本語でそう言うと、男が財布から一万円札を取り出してテーブルの上に並べた。

一枚、二枚、三枚、四枚……一万円札は全部で五枚あった。

ほんの一瞬、わたしは考えた。

「ダメです。できません」

五万円の魅力に必死で抗って、わたしは首を左右に振った。

「いくらならできますか？」

男が言い、わたしはまた一瞬考えた。

「あの……十万円なら……」

反射的に、わたしはそう口にした。

「そうですか。払います」

あっさりそう言うと、男がさらに五枚の一万円札を出してテーブルの上に並べた。

十五万円って言えばよかったかもしれない。

そんなことを思いながら、わたしはテーブルの上の十枚の一万円札をすべて拾い上げた。

「それじゃあ、お願いします」

男がぐんにゃりとなっている男性器を握り締めて言った。

わたしは小さく頷くと、男の足元に跪き、正気を保っているのが難しいほどの嫌悪を感じながらも、力をなくした男性器を口に含んだ。

すぐに男が放尿を始めた。

「どんどん飲んでください」

男が言い、わたしはしっかりと目を閉じ、頭を空っぽにして、口の中の生暖かい液体を必死で飲み込もうとした。だが、その量はあまりにも多くて、わたしの口から溢れて顎先から滴り、剝き出しの胸や腹部を不気味に濡《ぬ》らした。

「こぼさないで。ちゃんと飲んでください」

頭上から男の声が聞こえた。

逃げるように男の部屋を出たわたしは、ホテルの一階のトイレに駆け込んだ。そして、個室の中で真っ白な便器の前にしゃがみ込むと、口の中に中指を突っ込んで舌の奥を強く押した。

すぐに胃が痙攣を始め、わたしは体を捩り、冷たい便器を抱くようにして嘔吐《おうと》を始めた。あの部屋で男に飲まされたすべてのものを吐き出してしまうつもりだった。

吐いていると、また涙が溢れ始めた。

惨めだった。たまらなく惨めだった。お金の前に屈したことが悔しかった。

ああっ、どうしてこんなことをしているのだろう？　わたしはどこで道を間違えたんだろう？

便器を抱いて嘔吐を繰り返しながら、わたしはまたそんなことを思っていた。

だが、どれほど考えても、その答えは見つからなかった。

9

トイレの洗面台の上の鏡に映ったわたしの顔は、ひどく腫れ上がり、唇が切れ、化粧が完全に崩れて見るも無残なことになっていた。鷲摑みにされ続けていた髪はひどくもつれてボサボサになっていた。

わたしは崩れた化粧を一生懸命に直し、髪にブラシをかけたけれど、腫れ上がっている顔はどうすることもできなかった。

顔を直すのに時間がかかったから、万里との待ち合わせに十分以上も遅れてしまった。

万里に悪いことをしちゃったな。

そう思いながら、わたしは小走りにロビーを横切った。

けれど、約束の場所に万里は来ていなかった。

万里がいないことに、わたしは胸を撫で下ろした。待たせずに済んだと思ったのだ。わたしは待つことを苦にしなかったが、人を待たせるのは嫌いだった。

万里からもらったシックな花束を抱いて、わたしはロビーに聳え立つクリスマスツリーを見つめていた。通りすぎていく何人かが、ひどく腫れているわたしの顔に視線を向けるのが感じられた。

股間が絶え間なく痛みを発していた。疲れていた。疲れ切っていた。早く自宅に戻りたかった。自宅に帰ってお風呂に入り、暖かなベッドに身を横たえたかった。

今夜はたくさんの現金を手にしたし、二十六回目の誕生日だったから、奮発して自宅までタクシーに乗るつもりだった。あしたは土曜日で、派遣の仕事は休みだった。

けれど、いつまで経っても万里は姿を現さなかった。

延長をさせられているのかな？

そう思ったわたしは万里に『ロビーにいるよ。まだ終わらないの？』とＬＩＮＥのメッセージを入れてみた。だが、いつまで経ってもメッセージに『既読』がつかないので、今度は同じような文章をショートメールで送った。それでも、返信がないので、最後は電話をかけてみた。

だが、万里はその電話にも出なかった。

わたしは腕時計を見つめた。約束の時間からすでに一時間が経過していた。

どうしたんだろう？

わたしはその場で、さらに三十分ほど万里を待った。けれど、やはり万里は姿を現さなかった。

約束の時間にわたしが遅れたから、先に帰ってしまった？

いや、あの万里に限って、そんなことがあるはずはなかった。

考えた末に、わたしはあの男の部屋に向かった。

ドアを開けたあの男は、素肌にバスローブをまとっていた。入浴を済ませたばかりのようで、男からはシャンプーやボディジェルのにおいがした。

「忘れ物ですか？」

笑みを浮かべて男が訊いた。男の息はアルコール臭かった。

「あの……万里が……友達が戻ってこないんです。あの……あなたのお友達に連絡してみてくれませんか？」

男の目を見つめてわたしは言った。その目は今もびっくりするほどに澄んでいた。

「お断りします。お帰りください」

きっぱりとした口調で男が言った。

「お願いします。連絡していただくだけでいいんです」

わたしは必死で食い下がった。だが、男は「お帰りください」と繰り返すと、わたしの前でドアを閉めてしまった。

目を開けているのも辛いほどに消耗していたけれど、わたしはロビーに戻り、さらに三十分ほど万里を待った。そのあいだにＬＩＮＥのメッセージを何度か送ったし、万里のスマートフォンに電話もかけた。

だが、やはり万里とは連絡が取れなかった。

しかたなく、わたしは風俗店に電話を入れて、電話に出た店長に、二時間も待っているのに万里が戻ってこないと言った。

『えっ、二時間も？』

いつもくだらない冗談ばかり言ってふざけている店長も、それには驚いたようだった。

「ええ。万里、どうしたんでしょう？」

『そうだね。どうしたんだろうね？　もしかしたら、客が万里ちゃんのことをひどく気に入って、引き止めているのかもしれないね』

わたしはスマートフォンを握り締めた。

「あの、店長……わたしは、これからどうしたらいいのでしょう？」

いつになく真剣な声で店長が言った。

『そうだね。うーん。それじゃあ、万里ちゃんには僕のほうから連絡をしてみるから、小雪ちゃんはもう帰っていいよ』

考えながら店長が言った。

「帰っちゃっていいんでしょうか?」

『だって、いつまでもそこにいるわけにもいかないだろう? 二時間も待ったんだから、万里ちゃんだってわかってくれるよ』

万里を置き去りにしたくはなかった。けれど、ここで待ち続けているのは、さすがに限界だった。


あの晩、わたしはホテルの前からタクシーに乗って自宅へと向かった。

後部座席のシートに座ったとたんに、さらなる疲れが襲いかかってきた。それでも、わたしは必死で目を見開き、万里のスマートフォンに『悪いけど先に帰るね』というメッセージを入れた。

絶え間なく訪れる睡魔と戦いながら、わたしはまた七歳か八歳の誕生日を思い出した。

わたしはわたしなりに、一生懸命に生きてきたつもりだった。けれど、やはりわたしは、どこかで道を間違えてしまったのかもしれない。

ああっ、どうしてわたしは、こんなところにいるのだろう?

そんなことを、またしても思った。

まず入浴を済ませるつもりだった。わたしの体はあの男の体液に塗れていたから。

けれど、ようやく自宅にたどり着いたわたしがしたのは、着替えもせずにベッドに潜り込むことだった。

すぐに眠りがやってきた。夢さえ見ない、とても深い眠りだった。

10

翌日、わたしはほとんど一日中、万里に電話をかけたり、メッセージを送ったりということを繰り返した。

けれど、やはり万里とは連絡がつかなかった。

どうしたの、万里？　いったい、何があったっていうの？

心配で食事も喉を通らないほどだった。

風俗店の店長からわたしに連絡が来たのはその夜のことだった。

『小雪ちゃん、驚かないでね。万里ちゃんが死んだんだ。客に殺されたんだ』

耳に押し当てたスマートフォンから、ひどく強ばった店長の声が聞こえた。

その瞬間、頭の中が真っ白になり、全身がガタガタと激しく震え始めた。

店長によれば、きょうの昼すぎに、ホテルの従業員が客室で殺されている万理を見つけたのだという。万里と一緒に部屋にいたはずの男は、姿をくらましていて、警察が行方を追っているということだった。

あの時、もし、あの男を選んでいたら……そう思うと、凄まじいまでの恐怖が込み上げてきた。

逃げていた男の身柄は、警察が三日後に確保した。

逮捕された男は殺害の動機を、『綺麗な女が悶え苦しむ姿が見たくて首を絞めた』と語っているらしかった。『苦しんでいる顔が見たかっただけで、殺すつもりはなかった』とも言っているようだった。

その後、わたしは警察から何度か事情聴取を受けた。

警察官たちの多くはわたしに同情的だったが、蔑《さげす》みの目でわたしを見つめる警察官もいた。わたしたちのしたことは売春にほかならなかったから。

万里の死因は首を絞められたことによる窒息死だった。細くて長い万里の首には、絞められた時にできたアザがくっきりと残っていたのだという。

11

きょうはわたしの二十七歳の誕生日。

わたしは空になったコーヒーカップをテーブルに置き、窓の外で舞い続けている雪と、窓ガラスに映っている自分の顔を見つめる。

これからゆっくりと入浴を済ませ、ケーキを食べ、シャンパーニュを開けるのだ。

そう。わたしは生きている。生きているからケーキを食べられるし、シャンパーニュを飲める。

あの時、あの男を選んでいたら、きっと万里ではなく、このわたしが殺害されていただろう。万里の代わりに、このわたしが死体になっていたのだろう。

そう思うと、今も万里に対する罪悪感と、言い知れぬ恐怖が湧き上がってくる。

だが、だからと言って、あの男を選んでいればよかったとは決して思わない。

分岐点に立つたびに、わたしは間違ったほうばかり選んできたのかもしれない。けれど、あの時だけは別だった。

第五話　再び春の分岐点『狭き門より入れ』

1

わたしの名は鷹《たか》という。
親がつけた名とは違う。鷹と呼ばれたこともなければ、名乗ったこともない。
それでも、わたしは鷹だ。

少し前に日が暮れた。帰宅する人々で超満員の電車の片隅に佇んで、わたしは郊外へと向かっている。
すぐ脇にある窓ガラスに、意志の強そうな若い女の顔が映っている。その女がわたしをじっと見つめている。

切れ長の目をしたその女がわたしだ。

眉のところで真っ直ぐに切り揃えられた前髪。肩から垂れている長くてつややかな黒髪。鼻筋が通り、顎が鋭く尖っている。

わたしは女としてはかなり背が高いほうだし、にこやかでもなければ、可愛らしくもないから、男たちにそんなにモテたわけではない。それでも、かつて何人かの男たちが、わたしを美しいと讃《たた》えた。交際を求められたこともあるし、モデルクラブにスカウトされたことも何度となくある。

今夜も化粧などまったくしていないにもかかわらず、窓ガラスに映った凜としたその顔は、わたし自身にもかなり美しく感じられた。

人にとって大切なのは、外見ではなく、その内面なのだ。

まだ小学生だった頃から、わたしはそう考えていた。だから、俗世で生活していた頃から、お洒落をすることや着飾ることにはほとんど関心がなかった。

それでも、この俗世で暮らしていた頃のわたしは、凜としたこの美しい顔や、手足が長くてスタイルがいいことなどを、心の片隅で密かに自慢に思っていた。大学生になってからは薄く化粧もしていたし、イヤリングやネックレスなどのアクセサリーを身につけることもあった。暑い季節にはノースリーブの服を着ることもあったし、ミニスカートやショートパンツを穿くこともあった。

電車が急なカーブに差し掛かり、大勢の人の体重がわたしに重くのしかかる。わたしは頭上の吊革《つりかわ》に摑まり、脚を踏ん張ってその重さに耐える。

その瞬間、誰かの手がわたしの尻に触れ、ぴったりとしたジーンズに包まれたそこをいやらしく撫でまわした。

とっさに、わたしはその手を摑もうとした。だが、すんでのところで摑み損ねてしまった。

かつてのわたしは通学の電車の中で、実に頻繁に痴漢の被害に遭ったものだった。スカートの中に手を入れられたこともあったし、胸を揉まれたこともあった。

誰がわたしに触ったのだろう？

周りにいる人たちをそっと見まわす。けれど、その人物を特定することはもはやできない。

いずれにしても、超満員のこの電車の中にいるのは、世俗的な欲望に支配されて生きている人間ばかりだ。それはわかっている。

金持ちになりたいという欲望、異性と性的な交わりを持ちたいという欲望、美味しいものをたらふく食べたいという欲望、いつまでも眠っていたいという欲望、組織の中で人より出世したいという欲望……注目されたいという欲望、褒められたいという欲望、威張りたいという欲望、人を踏みつけにしてでも高いところに行きたいという欲望、自分と異なる価値観の持ち主を排除したいという欲望、人を差別し貶《おとし》めたいという欲望、人より幸せになりたいという欲望……。

欲望、欲望、欲望……そして、欲望。

それらの欲望が渦巻くこの俗世と、今のわたしはすでに訣別していた。俗世と袂《たもと》を分かったことを後悔したことは一度もない。この俗世でのすべては、とても儚いものなのだ。それはまるで砂上の楼閣のようなものなのだ。

繰り返すようだが、それはわかっている。ちゃんとわかっている。けれど……けれど、今夜はこの俗世での暮らしが、とても愛おしく感じられもする。

ああっ、欲望に満ちたこの世界とも今夜限りでお別れだ。あしたの今頃、わたしはもうこの地上にはいないのだ。

そう思うと、胸が締めつけられる。

今ならまだ間に合う。今ならまだ引き返せる。

そんな考えが、ふと頭をよぎる。けれど、わたしはその不純で不謹慎な考えを必死で振り払おうとする。

わたしはすでに鷹なのだ。師の崇高な命を受けて、この俗世に暮らす哀れな人々を救済するのだ。

迷うべきではなかった。

2

かつては毎日そうしていたように、大勢の人々と一緒に東京郊外の駅で私鉄の電車から降りる。

懐かしい。わたしはこの駅を使って、高校や大学に通っていたのだ。

駅の周りには閑静な住宅街が広がっている。ここは東京でも有数の高級住宅街と言われていて、駅の周りに建ち並んでいるのは、広々とした庭を有した大きくて立派な家ばかりだ。

かつては毎日そうしていたように、わたしは住宅街の中の急な下り道を歩いていく。多摩丘陵に位置しているこの街は坂道ばかりで、平らな道はほとんどない。

真っ直ぐな坂道の両側に植えられた桜が満開になっている。見上げても見えるのは桜の花だけ。それはまるで、桜の花のトンネルの中を歩いているかのようだ。

足元には桜の花びらがぎっしりと敷き包められていて、ピンクのカーペットの上を歩いているみたいに感じられる。

南からの風が流れ込んでいるせいで、今夜は早春とは思えないほどに暖かい。その暖かな風が吹くたびに、街路灯に照らされたたくさんの花びらが、わたしの上に絶え間なく舞い落ちる。

長い髪を暖かな風に靡《なび》かせながら、ゆっくりとした足取りで歩き続け、坂の途中にある一軒の家の前で足を止める。

周りの家々と同じように、大きくて立派なその家も広い庭に囲まれている。庭はよく手入れされた緑色の芝生に覆われていて、周りには蔓薔薇《つるばら》の生垣がぐるりと張り巡らされている。両隣の家と同じように、その家のガレージにもヨーロッパ製の高級乗用車が停《と》められている。

以前はベージュだったその家の外壁は、今ではオフホワイトに塗り直されている。けれど、門柱の表札には今も、長いあいだわたしが『お父さん』と呼んでいた人の名前が書かれている。『お母さん』と呼んでいた人の名もあるし、『お兄ちゃん』と呼んでいた人の名もある。わたしが長く名乗っていた名前もいまだに書かれている。

そう。かつてと同じように、あの人たちはここで暮らしているのだ。

わたしがいた頃と同様に、表札の下にはピアノ教室の看板が掲げられている。母だった人は今も、近所の人々にピアノを教えているのだろう。

蔓薔薇の生垣の外から、その家の一階部分を覗き込む。大きな窓の向こうは広々としたダイニングルームになっていて、洒落たテーブルには今夜の食事らしきものが並べられている。

木製のボウルに入ったサラダみたいなものが見える。白い皿に盛られたステーキとマッシュポテトとニンジンのグラッセ、それにクレソンらしい緑の野菜も見える。

やがてグレーのセーターを着た中年の男が窓の向こうに姿を現し、バルーン型をしたグラスに白いワインを注ぎ入れる。背後を振り向き何かを言う。

今度は少し太った中年の女が窓の向こうに現れる。

女はぴったりとした赤いセーターを着ている。以前は長かった髪は、肩に触れるくらいの長さに切り揃えられている。そして、男も女も、わたしの記憶の中の彼らより、ほんの少し歳《とし》を取っている。

会いたい。会いたい。

わたしはそれを切望する。

会って話をしたい。名前を呼んでもらいたい。抱き締めてもらいたい。

けれど、会うことは許されない。わたしはすでに鷹なのだから。

気がつくと、わたしは涙ぐんでいる。

そのことに、わたし自身が少し驚く。わたしは簡単に泣く女ではないのだ。

五分ほど、わたしは彼らを見つめ続け、やがて、その家に背を向ける。

後ろ髪を引かれるように感じながら、たった今、歩いてきたばかりの道を引き返す。当たり前のことだけれど、帰りは急な上り坂だ。

さようなら、お母さん。さようなら、お父さん。

桜の花のトンネルの中を歩きながら、心の中で呟く。目から涙が溢れ出る。

なぜ、泣く？　泣くな、馬鹿。

わたしは自分に言い聞かせる。手の甲でその涙を無造作に拭う。


超満員だった下りの電車とは対照的に、上りの電車はガラガラで、ひとつの車両には数えるほどの人しか乗っていなかった。

そんな電車のシートに座ると、わたしはタイトな黒いジーンズに包まれた長い脚をゆっくりと組み、向かい側の窓ガラスに映っている自分の姿をまじまじと見つめた。

今夜のわたしは白いブラウスの上に、ふわりとした白いカシミアのセーターを身につけ、首には洒落たチェックのマフラーを巻いている。

こんな恰好をしたのは、実に久しぶりだった。

綺麗な女の子だな。死なせちゃうのは、もったいないな。

気がつくと、わたしはまた、そんな不謹慎なことを思っている。

3

　三ヶ月前のクリスマスに、わたしは二十一歳になった。

『クリスマスに生まれたから聖美《きよみ》と名づけたんだよ』

　いつだったか、父だった人からそう聞かされたことがある。

　そう。この俗世で暮らしていた頃のわたしは一条《いちじょう》聖美と名乗っていた。

　わたしを聖美と名づけた人は、自動車会社に勤務していて、都内の本社ビルで自動車の車体の設計に携わっていた。彼はとても真面目で、勤勉で、家族思いの人だった。いや、家族だけでなく、周りにいるすべての人に気を使うような人物だった。彼は背が高くて、整った顔立ちをしていた。

　母だった人も、とても美しかったし、ほっそりとしていてスタイルもよかった。けれど、その美貌をひけらかすようなことは絶対にせず、いつも奥ゆかしくて控えめだった。

　彼女は主婦業の傍ら、近所の人たちに自宅でピアノを教えていた。わたしはその人から、ずっとピアノを習っていた。

　わたしより二歳年上の兄だった人は、自宅近くにある国立の工業大学に通っていた。その大学は父だった人の母校でもあった。

大人《おとな》しくて無口な母に似たのか、わたしも昔から目立つことや、しゃしゃり出ることが好きではなかった。それでも、引っ込み思案というわけでも、恥ずかしがり屋というわけでもなく、必要な時には自分の意見をはっきりと口にすることができた。大勢の人の前で発言することも苦にはしなかった。

同じクラスの女の子たちは、集団で行動するのが好きなようで、いつも何人かで集まってお喋りに興じていた。けれど、わたしには昔から一匹狼《おおかみ》みたいなところがあって、大勢で何かをするということが好きになれなかった。みんなとのお喋りに夢中になるようなこともなかった。

幼い頃から、わたしは父だった人ととても仲がよかった。だから、わたしはその人の影響を強く受けて育ったのだと思う。

工業大学の出身だということからもわかるように、わたしの父だった人は数学や物理や化学が得意で、物事を理論的に考える人だった。けれど、同時に、この世の中には科学では説明ができないことがいくつも存在すると、固く信じているような人でもあった。

彼はよくわたしに、『輪廻《りんね》転生』や『前世』についての話をした。月に一度くらいの頻度で、わたしとふたりでお墓参りにも行っていた。祖先を供養することはとても大切なことだと、父はいつもわたしに言っていた。

　埼玉県の外れにあるお墓にはいつも、父だった人の運転する車で行った。お盆には母だった人と兄だった人も同行したが、そのほかの時にはふたりだけでお墓参りに行った。

　お墓までの片道一時間ほどのドライブのあいだ、わたしは彼といろいろなことを話した。彼はわたしによく、自分のことと同じくらい他人のことを思いやれる人になりなさいと言っていた。

　父だった人はキリスト教徒ではなかった。だが、机の上にはいつも聖書が置いてあって、暇さえあれば手に取っているような人だった。


　都内にある中高一貫の私立の学校を卒業したわたしは、やはり都内の私立大学の英文科に入学した。

　あの頃のわたしは、自分の将来について、あまり深く考えたことがなかった。それでも、できれば人のためになるような仕事に就きたい、みんなに喜ばれるような仕事をしたいと考えていた。

　それはきっと父だった人の影響だったのだろう。

　家族と訣別すると決めて家を出る時に、苦しげに顔を歪めてわたしを見つめていた彼の姿を、わたしは今も頻繁に思い出す。

4

人生を一変させるような人物と出会ったのは、大学に入学して二ヶ月ほどがすぎた頃、六月初旬のことだった。

あの日、わたしは同じクラスの女子学生から誘われて、とある組織が主催するセミナーに顔を出した。

その組織については、それまでにも何度か耳にしたことがあった。けれど、彼らに興味があったわけではなかったし、セミナーの内容に関心があったわけでもなかった。

それでもわたしがそのセミナーに行ったのは、親しくなったばかりの友人の誘いを断るのが、何となく悪いような気がしたからだ。わたしは自分の考えをはっきりと口にするほうだったけれど、親しい人のがっかりする顔を見るのが苦手でもあった。

あの日のセミナーは『君たちはどこから来て、どこに向かうのか』というタイトルで、会員数が一万人を超えるというその組織のリーダーの男性が来て、聴衆に向かってじかに話をするらしかった。組織を率いている男は、インドで修行を重ねてきた『最終解脱者』だと言われているようだった。

あの日のセミナーは、都内にいくつかあるというその組織の支部のひとつ、彼らが所有している小さなビルの一室で行われた。

その部屋はかなり広かった。真新しい畳が敷かれているだけで、家具や調度品はひとつもなく、がらんとしていて、とても殺風景な空間に感じられた。

わたしたちが到着した時には、すでに二十人ほどの人がその部屋にいて、みんな畳の上にきちんと正座していた。そのほとんどがわたしと同じくらいの年齢の若者だった。女の姿も見えたけれど、男のほうがいくらか多いようだった。

そこにいたほかの人たちと同じように、わたしも友人の女子学生と並んで広い部屋の後方に正座し、組織のリーダーが姿を現すのを待った。

あの日の友人はとても可愛いピンクのワンピース姿だった。わたしのほうは飾り気のない長袖のTシャツに、穿き古したジーンズという恰好をしていた。わたしはたいてい、そんな恰好で大学に通っていた。

あの頃のわたしは正座をすることに慣れていなかったから、すぐに脚がひどく痺れ始めた。六月だったけれど、その部屋にはエアコンも扇風機もなく、窓の閉められた空間に大勢の人がいるためにかなり蒸し暑かった。そんなこともあって、わたしは『帰りたい』『帰りたい』とばかり思っていた。

会場には次々と人がやって来た。やはり、その多くが若者だった。

わたしたちが到着して十五分ほどがすぎた頃、司会の男が彼らの組織のリーダーの名を高らかに呼び上げた。そして、その直後に、ひとりの中年男が、ゆっくりとした足取りでわたしたちのいる畳敷きの部屋に入ってきた。

組織のリーダーはボサボサの髪を長く伸ばし、口の周りに汚らしい黒い髭《ひげ》を蓄えた四十歳前後の男で、目がとても細くて、顔が丸くて、頬が赤くて、顔全体が脂ぎってテカテカと光っていた。ゆったりとした紫色の柔道着のような衣類を身につけていたが、手足が短くて、お腹《なか》が出ていて、かなり太っていることがはっきりと見て取れた。

冴《さ》えない男の人だな。

それがわたしの第一印象だった。

きっと時間の無駄になるのだろう。来なければよかったと思うことになるのだろう。

組織とか集団とかが好きではないわたしは、あの時にはまだそう思っていた。

その組織に所属する人々から『師』と呼ばれているらしいリーダーが、すぐにわたしたちに向かって話を始めた。その語り口は穏やかで、声はよく通り、こちらに向けられた顔はとても優しげだった。

『君たち、よく来てくれたね。ありがとう。きょうはわたしの話をしっかりと聞いていってください。君たちが帰る時には、きょう、ここに来て心からよかったと、きっと思うはずだからね』

わたしたちのほうを真っすぐに見つめ、そんな言葉で彼は話を始めた。その瞬間、わたしは彼に自分の心を読み取られたように感じた。

すぐに彼が穏やかな口調で話を始めた。よく通るその声は耳にとても心地よかった。それはまるで大好きな音楽を聴いているかのようだった。

『君たちは持っている力の五パーセントしか使っていないんだよ。たったの五パーセントだよ。残りの九十五パーセントの力は、君たちの体の中で眠り続けているんだよ。それはもったいないことだ。そう思わないか？　百パーセントの力を使ってみたいとは思わないか？』

あの日、彼はわたしたちに言った。

いや、不思議なことに、その言葉はそこにいる大勢の聴衆にではなく、わたしひとりに向かって語られているように感じられた。

『勉強していい会社に入って、豊かで安定した暮らしをすることに、いったいどんな意味があると思う？　そんなことは、実にくだらないことなんだよ。人はもっと大切なことに、生の時間を使うべきなんだ。君たちは今、とんでもなく無駄な時間をすごしているんだよ。限られた生の時間を無駄遣いしているんだよ』

彼はそうも言った。

『君たちは犬でも猫でもなく、人間として生まれたんだよ。この地上には、こんなにもたくさんの生き物がいるのに、自分の意志で現状を変えることのできる人間として生まれついたんだよ。人間として生まれられる可能性は、数千億分の一か、それより低いんだよ。数千億分の一だよ。それは奇跡的なことだと思わないか？　だからこそ、人間に生まれたという数千億分の一の奇跡を大切にしなければならないんだよ。わかるね？』

穏やかな口調で彼はそう言葉を続けた。

それを聞いた瞬間、心がぐらりと動いたのがわかった。

わたしは新約聖書にあった『狭き門より入れ』という言葉を思い浮かべた。父だった人の影響で、わたしにも昔から聖書を読む習慣があった。

そして、あの日、彼の話を聞いているあいだずっと、わたしは目の前にある二本の道をはっきりと見つめていた。

そう。あの日、あの時、わたしは人生の分岐点に立っていたのだ。

その一本は平坦で広々としていて、大勢の人たちが歩いていくけれど、面白味のない道だった。

それに対して、もう一本の道は、狭くて、上り下りが多くて、曲がりくねっている凸凹の道で、その道を選んで歩こうとする人はとても少なかった。けれど、それこそが真理へと続いている道だった。一度きりの人生に相応しい道だった。

狭き門より入れ——。

組織のリーダーの話を聞きながら、わたしは『狭き門』に向かおうと決意した。

5

わたしをセミナーに誘った女子学生は、その組織にも、リーダーである男性にもまったく興味を持てないようだった。

だが、わたしはすぐにその組織の一員になり、毎日、大学に通う代わりに、セミナーが開かれた支部にせっせと通って修行に勤《いそ》しんだ。

修行の半分はリーダーの教えを学ぶことで、残りの半分は畳の上で蓮華座《れんげざ》を組んで、師が書いた聖典の一節を何百回も繰り返し唱えたり、瞑想《めいそう》したりすることだった。

わたしはそれだけで、充分な充実感を覚えていた。一日ごとに、自分が変わっていくのをはっきりと感じていたのだ。

だが、組織の一員になって二ヶ月がすぎた八月の初めに、組織の幹部がわたしを呼び出し、家を出て組織の者たちと集団生活をしてみないかと提案した。そのほうがより早く、『ステージの高いところに行ける』ということだった。

共同生活なんて大嫌いなはずだった。家族との縁を切らなければならないというのも嫌だった。

だが、『師に従って修行をしたい』『師の背中を追って高いところに行きたい』という気持ちの前では、そんなことはどうでもいいことに感じられた。

家を出て組織の者たちと集団生活することに、両親だった人たちは猛反対した。母だった人は涙を流して、必死でわたしを引き止めた。父だった人は、考え直して欲しいと哀願した。

けれど、わたしの決意は揺るがなかった。

大学を自主退学したわたしは、八月の半ばに、わずかばかりの荷物を持って家を出た。家族と二度と会えないかもしれないと思うと辛かった。それでも、心が湧き立つような気持ちのほうが大きかった。

家族と訣別したわたしは、わずかばかりの蓄えのすべてを組織に寄付し、組織の支部のひとつ、山奥の倉庫のような施設で、組織の者たちと自給自足に近い生活を始めた。

冷暖房のない狭い部屋での共同生活、玄米と野菜だけの質素な食事、長時間の労働、短い睡眠時間、修行と瞑想……娯楽のまったくないその暮らしは、それまでの生活とは天と地ほども違うものだった。

だが、辛いとは感じなかった。それどころか、わたしは日々、充実と喜びを覚えていた。

その先には、『約束の地』があるのだから。

山奥の支部で暮らし始めたわたしは、二十数人の仲間たちと一緒に、炊事班としてその支部全員の食事を作る仕事を担当することになった。

殺生は許されないという考えから、わたしたちは肉や魚を食べることを禁じられていた。卵も牛乳も禁じられていた。だから、わたしたちが口にしていたのは、とても質素で、お世辞にも美味しいとは言えないような食事だった。満腹は修行の妨げになるという理由で、食事の量も厳しく管理されていた。

食事は昼と夜の二回で、それぞれ茶碗一杯の玄米粥《がゆ》と、お椀に一杯の野菜スープ、それに季節の野菜の煮物などだった。玄米は購入していたが、野菜のほとんどは農作業を担当するグループが畑で栽培していた。

わたしたち炊事班が働いていただだっ広い調理場には、炊飯器も電子レンジもオーブンもなかった。それどころか、ガスもなく、煮炊きには薪《まき》を使わなければならなかったから、調理をするのは容易なことではなかった。水道の設備もなかったので、水はすべて井戸から汲《く》んで調理場まで運ばなくてはならなかった。

けれど、農作業を担当している者たちの苦労は、わたしたち炊事の担当班の比ではないようだった。その支部に所属する半分以上の者が農作業に携わっていた。

彼らがしている農作業は、機械の力にいっさい頼らず、人力だけで運び、人力だけで耕し、人力だけで収穫するという過酷なものだった。化学肥料の使用も、農薬の使用も禁じられていた上に、農作物に寄生する害虫を殺すことも禁じられていたから、作物を収穫するまでにはとてつもない労力が必要だった。

それでも、文句を口にする者は誰ひとりいなかった。それらのすべてが、『約束の地』に行くための修行だったから。

わたしもまた、修行を辛いと感じたことはなかった。けれど、冬の寒さにはとても苦しめられた。

わたしは昔から痩せていて、寒さが大の苦手だった。あの組織の一員になって集団生活を始めてからは、極端にカロリーの少ない食事のせいで体重がさらに減少し、一段と寒さを強く感じるようになっていた。

俗世で暮らしていた頃には、ダウンジャケットやウールのセーターなどの暖かな衣類を身につけることで寒さを防ぐことができた。けれど、あの支部では全員が白い木綿の柔道着のような衣類と、質素な木綿の下着を身につけていただけだったから、冬の寒さは本当に辛かった。ましてや、わたしたちの支部があったのは、冬の朝には氷点下五度を下まわるような土地だった。

6

そんなある日、わたしの支部に組織を率いる師がやってきた。山奥の支部で暮らし始めて半年ほどがすぎた真冬のことだった。

農作業班や建設担当班の仕事を視察したあとで、師はわたしたちが働いている調理場にも姿を見せた。

そんなに間近に師を見たのは初めてだった。

師は調理をしているわたしたちのひとりひとりに、あの穏やかな口調で気さくに声をかけてくれた。

「君が作っているのは何だい？」

あの日、巨大な鍋で野菜スープを作っているわたしの前で立ち止まった師が、満面の笑みを浮かべてそう尋ねた。

わたしは歓喜に身を震わせた。師に話しかけられたのは初めてだった。

「お野菜のスープです」

師の顔を見つめて、わたしはおずおずと答えた。緊張で声が震えた。

「わたしにも一杯もらえるかな？」

人懐こそうな笑みを浮かべた師が言った。そんなふうに笑うと、最初から細かった目が糸のように細くなった。

「あっ、はい。もちろんです」

そう答えると、わたしは近くにあった質素な陶製のお碗に野菜スープを注ぎ入れ、それを両手で師にうやうやしく差し出した。

わたしから受け取ったお碗の中のスープに、唇をすぼめた師がフーッと息を吐きかけた。そして、お碗の縁に髭に囲まれた唇をつけ、中の液体を少しだけ啜った。

「美味《うま》いっ！　実に美味いっ！　君の料理の腕は最高だよっ！」

わたしを見つめて、師がびっくりするような大声を出した。

あの日、わたしが作っていたのは、大根と白菜と小松菜とジャガ芋を入れて煮込んだ塩味のスープだった。鶏ガラもコンソメも煮干しも昆布も鰹節《かつおぶし》も使わず、塩だけで味をつけたそのスープはお世辞にも美味しいとは言えないものだった。

だが、師に褒められたことで、わたしは天にも昇るような気持ちになった。

7

その支部を離れて、本部で生活をするように幹部から命じられたのは、わたしが師に野菜スープのお碗を差し出した数日後のことだった。

わたしはまた歓喜した。本部にはいつも師がいるからだ。

すぐに、わたしは本部へと移り住んだ。本部の施設もまた人里離れた辺鄙《へんぴ》なところにあった。それまでいた支部よりは少し大きかったが、本部で寝起きしている者たちの暮らしは、支部の者たちとまったく同じものだった。

本部でも大半の者たちが農作業や建設作業に従事していた。食事は炊事の担当班の女たちが作っていた。

けれど、本部でのわたしの生活環境はそれまでとは一変した。

支部で炊事の担当グループに所属していた頃のわたしは、十数人の女たちと一緒に冷暖房のない大部屋で寝起きしていた。だが、本部でのわたしには冷暖房の設備がある、明るくて清潔な個室が与えられた。わたしに課せられた仕事は食事を作ることではなく事務処理業務だったが、それは誰にでもできるような簡単なものだった。

冬の寒さに苦しめられていたわたしは、暖かな部屋ですごせることに心からホッとしたものだった。

さらにはわたしの食事も変化した。本部に移ってからは、わたしは幹部たちと同じ食堂で食事をすることが許されるようになったのだ。

驚いたことに、その食堂の食事はレストランで出されるような豪華なものだった。そこでは禁止されているはずの肉料理や魚料理を食べることもできたし、卵や牛乳やチーズやバターを使った料理を食べることもできた。

「禁止されているものを食べていいのは、どうしてですか？」

初めてその食堂に足を踏み入れた日に、わたしは近くで食事をしていた幹部のひとりにそう尋ねた。

「うん。ステージが上がった者たちは、どんなものを食べてもいいことになっているんだ。君もそのひとりになれたんだ。おめでとう」

その答えは、わたしには納得できなかった。殺生を禁じられているのに、肉や魚を食べていいはずがなかった。

けれど、わたしは、それ以上のことは尋ねなかった。

その理由は、ステーキや豚カツや肉ジャガやハンバーグや鶏の唐揚げを食べたかったからだ。たっぷりとバターを塗ったトーストや、湯気の立ち上るベイクドエッグや、長時間にわたって煮込んだシチューを食べたかったからだ。


支部にいた頃のわたしは『一条』と呼ばれていた。けれど、本部に移った時に、『ホーリー・ネーム』と呼ばれる名前を与えられた。

ホーリー・ネームを与えられているのは、組織でもごく一握りの人間だけだった。その聖なる名が与えられたということは、わたしがほかの者たちより高いステージに上がったということを意味していた。

なぜだろう？

わたしは思った。それまでにわたしがしてきたことは、ほかの者たちと大差がないように思われたから。

それでも、ホーリー・ネームを授けられたことは素直に嬉しかったし、とても誇らしくも感じられた。

ホーリー・ネームで呼ばれるようになってからのわたしは、さらに高いステージを目指して以前にも増して修行に励んだ。聖なる名を与えられたということは、組織の幹部候補生として認められたことでもあったから。


本部に来てからは敬愛する師の姿をたびたび目にするようになった。廊下で擦れ違った時などに、『元気にやっているかい？』などと、笑顔で声をかけられることも少なくなかった。

師の声は本当に耳に心地よくて、その声を聞くだけで全身に力が漲《みなぎ》るように感じた。

そんなある夜、師の部屋に行くようにと幹部のひとりがわたしに告げた。

どんな用事なのだろう？

わたしは猛烈に胸を高鳴らせて師の部屋へと向かった。師の個室に出入りできるのは、ごく一部の選ばれた者たちだけだった。

8

今夜、わたしのために組織が予約してくれたホテルは、都内を流れる目黒川のすぐ近くにあった。

そのホテルにチェックインを済ませたわたしは、わずかばかりの荷物を持って客室へと向かった。

その部屋は思ったよりずっと広くて、明るくて清潔だった。ベッドも大きかったし、浴室も広々としていた。ベッドの背もたれの上には、ヴェニスらしき土地の水路を行き交うゴンドラを描いた油絵が掛けられていた。

部屋の片隅のクロゼットに荷物を入れてから、わたしはゆっくりと窓辺に歩み寄った。

その客室はホテルの十階に位置していたから、無数の光に彩られた都会の夜景が一望できた。

窓のすぐ向こうに目黒川が見えた。その川に両側から覆い被さるようにして咲いている桜も見えた。

「懐かしいな」

誰にともなく、わたしは呟いた。

中学生だった頃、両親だった人たちに連れられてその川沿いの遊歩道で桜を見たことを思い出したのだ。

チェックインしたらすぐに入浴を済ませ、ルームサービスの食事をとり、あとはここでゆっくりとすごすつもりだった。

だが、わたしはその予定を変更して、目黒川に桜を見に行くことにした。

組織では勝手な行動をすることは許されなかった。けれど、鷹としての特別任務を与えられたわたしは、あしたの朝の集合時間までは何をしてもいいことになっていた。


ホテルのロビーを出たわたしは、すぐそこに流れている目黒川へと足早に向かった。夜が更けても気温は下がらず、今もまだとても暖かかった。

部屋を出て三分とはかからず目的地に着いた。

目黒川の両側にはずらりと桜が植えられていた。わたしの自宅だった家の前の桜と同じように、桜はここでも満開になっていた。

ライトアップされたその桜を、数えきれないほどたくさんの人が見上げていた。写真を撮っている人たちもたくさんいたし、シートを敷いて宴会をしている人たちも何組もいた。

暖かな風が吹くたびに、無数の花びらが枝から離れて美しく舞った。見下ろすと、川の水面も舞い落ちたピンクの花びらで埋め尽くされていた。

すぐそばに六、七人の若い女たちがいた。女子大生なのだろうか。みんな華やかに着飾って、しっかりと化粧をして、大きな声でとても楽しげに話をしていた。

彼女たちは満開の桜を背景にポーズを取り、交代で写真を撮り合っていた。

そして、わたしは自分が大学に通っていた頃のことを思い出した。今となっては、あの時の自分がまったくの別人に感じられた。

これがわたしの最後の夜だ。これが夜桜の見納めだ。遠いところに来ちゃったな。

そんなふうに考えるとさまざまな思いが込み上げてきて、胸が押し潰されてしまいそうだった。

散るために咲く。

そんな言葉が、ふと頭に浮かんだ。

そう。わたしは散るために、この世に生を受けたのだ。あしたの朝、誰よりも美しく散るために……。

川のほとりに佇んで夜の桜を見つめ続けていると、ひとりの男の人が「こんばんは」と、笑顔でわたしに声をかけてきた。

「こんばんは」

わたしは笑わずにそう答えた。わたしに声をかけてきたのは、若くて、背が高くて、とても上品な顔をした美しい男の人だった。

「おひとりですか?」

わたしを見下ろすようにして男の人が尋ねた。

わたしは女としてはかなり背が高いほうだった。だが、そんなふうに向き合うと、彼の目の位置はわたしのそれよりずっと高いところにあったから、きっと身長は百八十センチを遥かに超えているのだろう。

「はい。ひとりです」

わたしは正直に答えた。昔から、わたしは嘘を口にするのが嫌いだった。

「もう夕食は済まされたんですよね?」

男の人がまた尋ねた。彼は黒っぽい薄手のジャケットに、穴の開いたジーンズというラフな恰好をしていた。

「いいえ。まだです」

わたしはまた正直に答えた。

「そうですか。だったら、あの……僕と一緒に食事でもしませんか?」

男の人の整った顔には、相変わらず優しげな笑みが浮かんでいた。

「食事……ですか?」

わたしは少し驚いて男の人の顔を見つめた。

「ええ。近くに美味しいイタリアンの店があるんです。僕がご馳走しますから、一緒に行きませんか?」

少し考えてから、わたしはその誘いに応じることにした。

組織では男女の交際は厳しく禁じられていて、その規則を破った者には厳しい罰が科せられた。組織から追放される者もいた。

けれど、今夜のわたしはすべての規則から解放されていた。

9

ふたりで並んで歩きながら、わたしたちはぽつりぽつりと言葉を交わした。

男は今村康平《いまむらこうへい》と名乗った。

わたしは俗世で使っていた一条聖美という名を口にした。

今村康平は、わたしより五つ上の二十六歳のようだった。

男がわたしを連れて行ってくれたのは、歩いて五分ほどのところにある、とてもお洒落で高級そうなイタリア料理店だった。店舗は白い二階建てで、二階部分にはバルコニーがあった。

そんな店に行ったことは一度もなかったから、わたしはひどく物怖《ものお》じした。

「あの……こんな恰好で大丈夫でしょうか？」

白いカシミアのセーターに、黒いタイトなジーンズ姿のわたしは尋ねた。

「大丈夫ですよ、見た目よりカジュアルな店ですから。僕だって、こんな恰好ですからね」

両手を広げた彼が、またにっこりと笑った。その笑顔はとてもお茶目で、可愛らしくて、強い親しみが湧いた。

彼の言葉に笑顔で頷くと、わたしは物怖じしながらも今村康平に続いてその店に足を踏み入れた。

今村康平はカジュアルだと言ったが、そのイタリア料理店はとてもお洒落で素敵だった。

彼の両親は頻繁に訪れているようで、彼も両親に連れられて何度となくその店に来たことがあるようだった。

　今村康平とわたしは店の二階に案内され、窓辺に置かれたテーブルに向き合って座った。二階にいたのは、わたしたちのほかに二組で、一組は初老の夫婦のようだったが、もう一組は中年の男とわたしぐらいの年齢の派手に着飾った化粧の濃い女だった。

　照明を落とした店内のいたるところで、蠟燭の炎が揺れていた。わたしたちのテーブルの上にも蠟燭が灯《とも》され、小さな花瓶の中で白と赤とピンクの薔薇が美しく花を広げていた。静かな店内には音量を抑えた音楽が流されていた。彼によれば、イタリア民謡のようだった。

「一条さん、どんなものを食べたいですか？」

　彼がまた笑顔で尋ねた。

　そう。会ってからずっと、彼は人懐こそうな笑みを絶やさなかった。

「あの……わたし、こういうお洒落なお店に来たのは初めてなんで、あの……今村さんにお任せしてもいいですか？」

　おずおずとした口調でわたしは言った。

「苦手な食べ物はありますか？」

「いいえ。特にはありません」

「お肉は食べられますか？」

「はい。大好きです」

わたしが答え、彼がウェイターを呼んで、ステーキがメインディッシュになっているコース料理を注文した。

彼が注文をしているあいだ、わたしはすぐ脇の窓に視線を向けた。そのガラスに彼とわたしが映っていた。

彼はとても美男子だったが、わたしもまた、彼に似つかわしい美女に見えた。


今村康平がワインを飲むと言うので、わたしもワインを飲むことにした。

最初に運ばれてきたのは、淡いピンク色をしたイタリアのスパークリングワインだった。細長い形をしたグラスにワインを注いだウェイターが、『フランチャコルタのロゼです』と言った。

初めて聞いたその言葉を、わたしは小声で何度か呟いた。

組織で集団生活をしている者は、アルコールを口にすることは固く禁じられていた。だが、本部に移ってから、ごく一部の最高幹部たちは特別な時には飲酒を許されているということを、わたしは知るようになった。わたしもまた、師の部屋にいる時だけは、ビールやワインや日本酒を飲んでいいと言われていた。

「乾杯しましょう」

グラスを手にした彼が言い、わたしもグラスをそっと持ち上げた。

そのグラスに、彼が自分のそれを軽く触れ合わせた。カチンという小さな音がした。

その瞬間、わたしは師と初めてグラスを触れ合わせた時のことを思い出した。

細長いグラスの中で、ワインが細かい泡を絶え間なく立ち上らせていた。それはまるで小さな竜巻を見ているかのようだった。

そのグラスにそっと唇をつけ、わたしは中のワインを静かに啜った。

とても辛口のワインだった。細かい泡が口の中を心地よく刺激し、素敵な香りが鼻に抜けていった。

「美味しい」

わたしはグラスを手にしたまま、彼の顔を見つめて微笑んだ。

「よかった」

そう言うと、彼がまたにっこりと微笑んだ。

黒服を着たウェイターが、わたしたちのテーブルに次々と料理を運んできた。それらはどれも、見た目が美しくて、これまでに食べたことがないほど美味しかった。新しい料理が運ばれてくるたびに、ウェイターが新しいグラスに別のワインを注ぎ入れてくれた。

「イタリアではウェイターはカメリエーレと呼ばれているんですよ」

今村康平が言い、わたしは初めて耳にするその言葉を、また小声で何度か呟いた。

わたしは料理のひとつひとつを、ゆっくりと噛み締めるようにして食べた。それがわたしの最後の晩餐だったから。

「一条さん、若いのにお酒が強いんですね」

彼が笑いながら言った。

両親だった人に似たのか、わたしはアルコールに強いようで、たくさん飲んでも決して赤くならなかった。

今村康平は大手不動産会社のサラリーマンだった。彼の父親は都内で不動産会社を経営しているということで、彼もいずれは今の会社を辞め、父の会社で働くつもりのようだった。

彼は都内の一流大学を卒業していた。高校生の時までサッカー部でゴールキーパーをしていて、今も休日には友人たちとサッカーに興じているらしかった。大学生だった頃には恋人がいたが、今は誰とも付き合っていないと言っていた。

今村康平は明るくて、剽軽で、笑顔が魅力的で、一緒にいるととても楽しかった。彼は聞き上手で、わたしにいろいろなことを尋ねた。

わたしは彼に、自分は女子大生だと嘘をついた。ほかにもたくさんの嘘をついた。

嘘は本当に嫌いだったけれど、真実を口にするわけにはいかなかった。わたしはすでに鷹なのだから。

10

食事をしながら、今村康平がわたしの容姿をしきりと褒めた。容姿だけでなく、性格も褒めた。

彼はわたしを『美人だ』と言った。『スタイルが抜群だ』とも言った。『淑やかだ』とも『上品だ』とも『知的だ』とも言った。『奥ゆかしいんだね』とも言った。

褒められるたびに、わたしはくすぐったいような気持ちになってぎこちなく微笑んだ。

食事が終わってデザートのアイスクリームを食べている時に、彼がわたしの顔を真っすぐに見つめて言った。

「一条さん、僕と付き合ってくれませんか?」

わたしは驚かなかった。たぶん、彼がそう言い出すのだろうと予想していたのだ。中学生だった頃から、わたしは何度となく男子生徒から愛の告白をされた経験があった。

それでも、わたしは驚いた顔をし、少しだけ考えるフリをした。それから、彼の顔を真っすぐに見つめ返し、笑みを浮かべて静かに答えた。

「ええ。いいですよ」

わたしの返事を耳にした今村康平が、「本当ですか？　嬉しいなあ」と言って、ハンサムなその顔に満面の笑みを浮かべてガッツポーズをしてみせた。

その様子は、幼い男の子のようでとても可愛かった。

そして、わたしは想像した。この特別任務を放棄し、師や組織との縁を切って逃走し、この俗世で生きながらえることを想像した。

わたしはさらに想像した。目の前にいる男と、裸で体を合わせることを想像した。硬直した彼の性器でこの体を貫かれることや、それを口に含むことや、口の中に放出された生臭い体液を嚥下することを想像した。

その想像がとてつもなく背徳的なものだとはわかっていた。大切なのは世俗的な楽しみを追い求めることではなく、真理に向かって歩むことだった。地上に真の救済をもたらそうとしている師の踏み台になることだった。

そのために、わたしはあしたの朝、たったひとつの命を投げ出すのだ。

けれど、想像するだけなら許されるだろう。今夜がわたしにとって最後の夜なのだから。

デザートを食べ終えたわたしは、トイレに行くと言って席を離れた。トイレが一階にあることは、店に入った時に確認してあった。

わたしはトイレには入らず、財布から取り出した現金で今夜の支払いをすべて済ませた。そして、その洒落たイタリア料理店を出ると、今夜の宿泊先であるホテルへと足早に向かった。

相変わらず、暖かな風が吹いていた。その風が涙に濡れた頬を何度も撫でていった。

涙に濡れた？

そう。いつの間にか、わたしはまた涙を流していたようだった。

11

ホテルの客室に戻ったわたしは、浴室のバスタブに湯を満たし、脱衣所にある洗面台の前で衣類と下着を脱ぎ捨てた。鷹になってからのわたしは、いつもスポーツタイプのブラジャーとショーツを身につけていた。

洗面台の上には鏡があって、とても大きなその鏡に、ファッションモデルのようにすらりとした全裸のわたしが映っていた。

長くて細い首、深い窪《くぼ》みがある鎖骨、鋭く尖った肩、引き締まった長い腕、申し訳程度の膨らみしかない胸、胸の両側に浮き出た肋骨、筋肉がはっきりとわかる腹部、皮下脂肪のまったくない下腹部、そして、毛が一本も生えていない恥骨の膨らみ……贅肉と呼ばれるものが一切ないその裸体は、わたしの目にもとても美しく映った。

鏡に映っている美しい裸体を見つめながら、わたしはこの体を、ふっくらとした師の手が撫でまわしていたことを思い出した。この乳首を師が音を立てて貪っていたことや、脚を大きく広げているわたしに身を重ねあわせた師が荒々しく腰を打ち振っていたことや、わたしの中に熱い体液を注ぎ入れたことを……まるできのうの出来事のように鮮明に思い出した。

そう。あの頃、わたしは週に一度か二度の割合で師の部屋に呼び出され、師の寵愛《ちょうあい》を受けていたのだ。

初めて師の部屋に呼ばれたのは、本部で暮らすようになって一月《ひとつき》ほどがすぎた日のことだった。

師の部屋は六階建ての建物の最上階にあり、そこに行くために、わたしは一階から六階への直通のエレベーターに乗った。エレベーターに乗るのは、実に久しぶりだった。

エレベーターを降りると、目の前にマホガニー製の大きなドアがあった。その向こうが師の部屋だということだった。

わたしはひどく緊張し、激しく胸を高鳴らせてそのドアをノックした。

「誰だい？」

ドアの向こうから穏やかな師の声が聞こえた。

わたしは師から授けられた聖なる名を口にした。

「待ってたよ。お入り」

ドアの向こうから、また師の声がした。

わたしは緊張のために汗ばんだ手で真鍮《しんちゅう》製のドアノブをゆっくりとまわし、マホガニーでできた大きなドアを静かに開けた。

その瞬間、わたしは自分が別の空間に瞬間移動したような錯覚に陥った。目の前に広がっている部屋が、それほどまでに広くて豪華だったから。

わたしが寝起きしていた個室は四畳半の和室だった。だが、師の部屋はその何倍もある広々とした洋室で、床には鏡のように磨き上げられた大理石製のタイルが敷かれていた。

その部屋は卓球ができるほどに広くて、置かれている家具や調度品も本当に豪華で、洒落ていて、まるでリゾートホテルに来ているかのようだった。

その豪華な部屋にはとても大きな天蓋《てんがい》つきのベッドがあり、洒落たソファのセットと立派なテーブルのセットがあった。窓もいくつもあって、そのすべてにシックだけれど、とても洒落たカーテンが掛けられていた。

真っ白な壁には、豪華な額に納められた油絵が何枚も掛けられていた。意外なことに、そのすべてが、ほっそりとした裸の女を描いたものだった。

室内には音量を抑えたクラシック音楽が流れていた。聴いたことのある曲だったが、音楽に疎いわたしには曲名も作曲者もわからなかった。

「よく来たね」

わたしを見つめた師が優しげに微笑んだ。

師はソファにもたれて脚を組んでいて、いつものように、紫色の衣類を身につけていた。いつもは下ろしている長い髪は、後頭部でひとつに結ばれていた。

師の前にあるローテーブルの上には、チーズやナッツやドライフルーツ、フライドチキンやフライドポテトなどを盛った皿が何枚かあった。そこには大きなワイングラスも二脚置かれていて、その一脚に真っ赤なワインがたっぷりと注がれていた。

そこにワインがあることが、わたしにはとても意外だった。

あの時のわたしは、組織内に飲酒を許されている人間が存在しているということも、師が毎日アルコールを口にしていることもまだ知らなかった。

「さあ、ここに座りなさい」

自分が座っているソファのすぐ左横の部分を示して、師がまた微笑んだ。

「わたしなんかが、あの……尊師のお隣に……座ってもいいんですか？」

わたしはひどく驚いてそう尋ねた。

「もちろんだよ。さあ、お座り」

笑顔の師が言い、わたしは師のすぐ左側に、背筋を伸ばして浅く腰を下ろした。

「あの……わたしにどんなご用でしょう？」

師のほうには顔を向けずに、わたしはおずおずと尋ねた。激しく緊張していたのだ。

わたしの右腕は師の左腕に触れ合っていて、とても温かな師の体温をはっきりと感じていた。

「うん。今夜は君と一緒に、ワインを飲みたいと思ったんだよ」

「ワイン……ですか？」

わたしはまたひどく驚いて、すぐ右側にある師の顔を見つめた。

「どうした？　わたしの顔に何かついているかい？」

「お言葉ですが……あの……アルコールを口にすることは……禁じられているのではありませんか？」

「君はすでに、ほかの多くの者たちより、遥かに高いステージに来ているんだよ。そのステージまで来た者は、酒を飲むことが許されるんだよ」

平然とした口調で師が言った。

わたしは師の顔を見つめて小さく頷いた。

この組織では師の言葉は絶対だった。師は神であり、王であり、裁判長でもあった。

「わかりました。ご一緒させてください」

わたしが答えると、師がとても嬉しそうに笑った。師はわたしの二倍以上の年齢だったけれど、その笑顔は本当に可愛らしくて、無邪気な少年のようにも見えた。

すぐに師がボトルを手に取り、ローテーブルに置かれていた空のワイングラスに赤ワインをたっぷりと注ぎ入れた。

「さあ、乾杯しよう」

自分のグラスを手に取った師が、楽しげな口調でそう言った。

わたしはまた小さく頷くと、自分の前にあったグラスの細い脚の部分を摑み、それを胸の高さまでそっと持ち上げた。

「乾杯」

笑顔でそう言うと、わたしのグラスに師が自分のそれを軽くぶつけた。ボワンという鈍い音がした。

師がグラスに口をつけたので、わたしも同じように、中の液体をそっと口に含んだ。

強い酸が口の中に広がり、飲み込んだあとでは舌にざらつきが残った。

「どうだい？　美味いかい？」

師が笑顔で尋ね、わたしは小声で「はい」と答えて、緊張で強ばっていた顔を歪めるようにして微笑んだ。

あの日のわたしはまだ十九歳で、アルコールを口にしたのはそれが初めてだった。それにもかかわらず、わたしはそのワインを本当に美味しいと感じた。

師によれば、それはフランスのボルドー地方の有名なシャトーのワインで、一本で数万円もするようだった。

12

あの晩、師とわたしは、ローテーブルの皿の上にあったおつまみを食べながら、長いあいだ酒を飲み続けた。最初は赤ワインだったが、そのボトルが空になると氷を浮かべたウイスキーを飲んだ。

師の部屋には冷蔵庫もあったし、オーブン機能のある電子レンジもあった。カウンターの向こうには大きなガラスの戸棚があって、そこにウィスキーやブランデーなどのボトルが何本も並べられていた。日本酒の瓶があるのも見えた。

わたしは師のグラスが空になるたびに、そこに新たな酒を注ぎ入れた。わたしのグラスが空になった時には、そこに師自らが酒を注ぎ入れてくれた。

「君は酒がすごく強いようだね。君を見ていると楽しくなるよ。さあ、どんどん飲みなさい」

　師がそう言ったので、わたしは酒が注がれたグラスを次々と空にして、ものすごく酔っ払ってしまった。

　師がいきなりわたしを抱き寄せたのは、酒を飲み始めて二時間ほどがすぎた頃だった。

　わたしはひどく驚いた。けれど、抗うようなことはしなかった。偉大な師がしようとしていることを邪魔するべきではないと考えたのだ。

　すぐに師がわたしの唇に自分のそれを重ね合わせ、わたしの口の中に舌を深く押し込んできた。

　そんなことをされたのは初めてで、わたしはまたひどく驚いた。動揺もした。けれど、やはり抗うことはしなかった。

「大丈夫だよ。怖くないからね」

　キスを終えた師が優しく微笑み、わたしは顔を強ばらせながらも「はい」と小声で返事をした。

　続いて、師がわたしから柔道着のような白い衣類を剝ぎ取るかのようにして脱がせた。さらにはブラジャーを外し、ショーツを脱がせて裸にさせた。あの頃のわたしは組織から支給される質素な木綿の下着を身につけていた。

わたしは激しい羞恥を覚え、胸と股間をとっさに押さえた。異性に裸を見られるのは、父だった人を除けば初めてだった。

あの時のわたしの股間には黒い毛が生えていた。組織で集団生活をするようになってからは、腋の下の毛も抜かなくなっていた。

「どうして隠すんだい？　わたしには何ひとつ隠してはいけないよ。さあ、その手をどかしなさい」

わたしを見つめて師が言った。

「はい」

わたしはまた小声で答えると、胸と股間を隠していた手を左右に広げた。

そんなわたしの裸体を、師がまじまじと見つめた。

「思っていた通りだ。美しい。実に美しい。まるで……まるで女神を見ているようだ」

声を上ずらせて師が言った。

猛烈な羞恥心に支配されながらも、わたしは『女神』と言われたことに喜びも感じた。

そして、あの晩、わたしは、意識が遠のいてしまいそうなほどの凄まじい痛みと、恍惚《こうこつ》となるような大きな喜びの中で、石のように硬直した男性器を体の奥深くに受け入れて、師と男女の関係になった。

痛かった。あまりにも痛くて、頭がどうにかなってしまいそうだった。だが、同時に誇らしくもあった。神であり、王であり、裁判長である偉大な師と、自分が今、ひとつになっているという喜びだった。

硬直した師の性器が肉体を一直線に貫くたびに、わたしは抑えきれずに声を上げた。わたしは無意識のうちに、たっぷりと肉のついた汗に塗れた師の背中を、両手で強く抱き締めていた。

いつの間にか、わたしの皮膚もまた、噴き出した汗に塗れていた。わたしの上で激しく腰を打ち振っている師の顔からは、わたしの顔の上に何度も汗が滴った。

「口で受け止めるんだよ、いいね？」

師の声が聞こえ、わたしは閉じていた目を見開いた。

すぐそこに、真っ赤になっている師の顔が見えた。わたしの目は涙で潤んでいるようで、師の顔がぼんやりと霞んでいた。

何を言われているのかよくわからないまま、わたしは小声で「はい」と答えた。

次の瞬間、師がわたしの中から男性器を引き抜くと、わたしの上半身を素早く抱き起こした。そして、自分は中腰になって、股間にそそり立っている巨大な性器をわたしの顔に近づけた。

そう。それは目を逸らしたくなるほどグロテスクで、驚くほどに巨大だった。それほど巨大な器官が、たった今まで本当に自分の中に埋没していたなんて、とてもではないが信じられなかった。

「口を開けなさい」

師が命じ、わたしはその言葉に素直に従って口を開いた。その口の中に、血液と分泌液に塗れて光っている男性器が深々と押し込まれた。

その直後に、口の中の男性器がひくひくという痙攣を始めた。男性器は痙攣のたびに、わたしの舌の上におびただしい量の液体を放出した。

その液体が何であるかは、性体験のないわたしもちゃんと知っていた。

「さあ、口の中のものを飲み込みなさい」

わたしの口から男性器を引き抜いた師がまた命じた。

わたしは言われるがまま、ひどく粘り気のある師の精液を、何度も喉を鳴らして飲み下した。どろどろとした液体が食道を流れ落ちていくのが、はっきりとわかった。

おぞましさは少しも感じなかった。それどころか、聖なる液体を口にしているような気分だった。

「いい子だ。いい子だ」

細い目をさらに細めてわたしを見つめ、師が嬉しそうに言った。

わたしは唇についていた精液を指で拭って舐めながら、師を見つめ返して微笑んだ。

13

入浴を終えたわたしは、部屋に備えつけの白いナイトドレスを身につけて、客室の片隅にあった冷蔵庫から缶チューハイを取り出した。そして、それをグラスに注ぎ入れると窓辺に置かれた椅子に腰掛け、よく冷えたそれをゆっくりと味わった。

冷えた缶チューハイを飲みながら、わたしはライトアップされている目黒川の桜を見下ろした。夜も更けたというのに、川沿いの遊歩道には今もたくさんの人たちがいた。地面にシートを敷いて酒を飲んでいる人たちの姿も見えた。

ひとりひとりの顔はよく見えなかったが、みんな楽しそうに見えた。

羨ましい？

いや、羨ましくはなかった。羨むべきではなかった。

彼らは俗世に生きる者たちだった。それに対してわたしは、彼らの救済者となるべき選ばれた人間だった。

急に、今村康平のことを思い出した。恋人になるという約束をしたわたしが急に姿を消したので、彼はとても驚いているに違いなかった。

気がつくと、グラスの中の缶チューハイは、残りわずかになっていた。

ああっ、これが本当に人生で最後のお酒だ。

そう思いながら、わたしはグラスに残った酒を飲み干した。

その瞬間、強い思いが胸に込み上げ、わたしは無意識のうちに空のグラスをぎゅっと握り締めた。

師の部屋で酒を飲んでいた頃には、酒量を気にすることは一度もなかった。師はわたしが飲めば飲むほど喜んだから。

だが、あしたの朝には失敗の許されぬ大切な特別任務が控えていた。その前夜に深酒をするわけにはいかなかった。

二年近くにわたって、わたしは師から寵愛を受け続けた。

行為はいつも、師の部屋のベッドの上で行われた。四隅にある長い四本の木製の柱が天蓋を支えている巨大なベッドで、ベッドの周りには半透明の白いレースの布が垂れ下がっていた。

その豪華なベッドの上で、師はわたしにさまざまなことを求め、わたしはそのすべてに応じた。

　師の部屋に行くたびに、わたしは師の性器を口に含み、口に放出された体液を嚥下した。肛門でも頻繁に師の性器を受け入れた。

　師は四つん這いの姿勢をとったわたしの乳房を揉みしだきながら、背後から激しく犯すのが好きだった。仰向けになった自分の上に、わたしをまたがらせて行為をするのも好きだった。

　最初の何度かは痛みが優先した。だが、やがて、わたしはその行為から大きな快楽と喜びを覚えるようになった。

　行為のたびに、わたしは激しく喘ぎ、呻き、悶え、淫《みだ》らな声を張り上げた。けれど、師の部屋は防音性がとても高かったから、その破廉恥な声に気づく者は誰もいないはずだった。

　師と性的な関係を持つようになってすぐに、わたしは全身脱毛をするように命じられた。

「女神のような君には毛は似合わないね。一本残らず抜いてもらおう」

　それで、わたしは週に一度か二度の頻度で、組織の者が運転する車に乗って近くの街のエステティックサロンに通い、髪と眉毛と睫毛を残して、体に生えているすべての毛を永久脱毛した。

　わたしをエステティックサロンに送り迎えしていた男は、時折、何か言いたそうな顔をした。けれど、彼は必要最低限のこと以外に口にすることはなかった。

いや、彼だけでなく、一部の幹部たちは、わたしが師の寵愛を受けていることを知っているように感じられた。だが、やはり、そのことについて、彼らから何かを言われたことは一度もなかった。


生理が止まったのは、師と肉体的な関係を持つようになって一年ほどがすぎた時だった。わたしはそれを師に報告した。もし妊娠していたら、師が喜んでくれると思ったのだ。

けれど、わたしの言葉を耳にした師は、「うーん。それはまずいな。そのことは、誰にも言ってはいけないよ」と呻くように言って顔を歪めた。

本部内には最新の医療機器と、たくさんのベッドを揃えた総合病院があり、そこには医師や看護師の資格を持つ者が何人もいた。産婦人科医もいた。わたしは師に命じられて、その医師の診察を受けた。

診察の結果は、真っ先に師に伝えられたようだった。わたしは自分が師の子を妊《みごも》っているということを、その晩、師の部屋で彼の口から聞かされた。

「まずいことになったな」

途方に暮れたような顔をした師が、先日と同じ言葉を口にした。偉大な師の、そんな顔を目にしたのは初めてだった。

「何がまずいのでしょう？」

わたしは訊いた。師が喜んでいないことがわかって、今にも泣き出してしまいそうだった。

「とにかく、まずいんだよ」

師はそう言って、苦しげに歪めた顔を左右に振り動かした。


その数日後、わたしはまた本部内にある病院に行くように師から命じられた。

師は「病院に行ってきなさい」と言っただけで、そのほかのことは何も言わなかった。

だが、わたしはすでに、自分が病院で何をされるのか予想していた。

病院では、全身麻酔をかけられたわたしが眠っているあいだに、予想した通りのことが行われたようだった。

だが、産婦人科医も看護師たちも、わたしには何も言わなかった。わたしの中にいた胎児が、男の子だったのか、女の子だったのかも教えてくれなかった。わたしも教えてほしいとは言わなかった。

わたしは病院内の明るい個室に三日間入院していた。

師が見舞いに来てくれるかもしれないと思っていた。来てほしいとも思っていた。けれど、師がわたしの病室を訪れることはなかった。

退院した夜に、わたしはまた師の部屋に呼ばれた。

「辛い思いをさせて済まなかったね。許しておくれ」

本当に申し訳なさそうな顔をして師がわたしに謝罪した。

わたしは涙を流したけれど、その涙の理由はわたし自身にもよくわからなかった。

14

その後もわたしは週に一度か二度の割合で、師の部屋に呼ばれて一緒に酒を飲み、師の手によって寵愛を受けた。

妊娠する前と同じように、わたしはあの天蓋つきの大きなベッドの上で、巨大な師の性器で口や膣や肛門を犯されて、我を忘れて淫らに喘ぎ悶えた。

わたしは師に命じられて、経口避妊薬を服用するようになっていたから、再び妊娠することはなかった。

わたしを抱きながら、師はいつも『愛しているよ』『お前はわたしにとって特別な女なんだよ』などと口にした。

その言葉はいつも、わたしを恍惚とさせた。

けれど、ある時を境に、師の部屋に呼ばれることがぷっつりとなくなった。

見捨てられたのだろうか？

そう思うと、心が折れそうになった。

そんなわたしに幹部のひとりが、『誰にも言ってはならないよ』と前置きしてから、師の妻がわたしと師との関係を知り、激怒しているらしいと教えてくれた。

そんな陳腐な理由で？

わたしは一瞬、カッとした。

あの忌まわしい言葉が初めて湧き上がってきたのは、その日のことだった。


この特別任務を命じられたのは、師の部屋に呼ばれなくなって何ヶ月かがすぎたある日のことだった。

わたしにそれを言い渡したのは、師ではなく、組織のナンバーツーだと言われている最高幹部だった。

その瞬間、わたしは耳を疑った。聞き間違いなのではないか、とさえ思った。

事態が呑み込めず、わたしは幹部の顔をぼんやりと見つめていた。

　そんなわたしに幹部が言った。

「これは師が望んでいることだ。お前は選ばれたんだ。誇りに思え」

　その言葉に、わたしは「はい」と短く答えたけれど、頭の中はぐちゃぐちゃで、考えをまとめることができなかった。

　師の望むことなら、どんなことでもするつもりだった。わたしにとっての師は、今も神であり、王であり、裁判長だった。

　けれど、その命は簡単に受け入れられるものではなかった。

「どうした？　何か言いたいことがあるのか？」

　挑むような目でわたしを見つめて幹部が訊いた。

　わたしは理由を尋ねようとした。その特別任務に、いったい、どのような意義があるのですか、と。

　けれど、尋ねなかった。師は常に正しいのだから、何も尋ねるべきではなかった。

　とっさに、またあの言葉が頭をよぎった。

　だが、わたしはその忌まわしい言葉を必死に振り払った。

あれはこの特別任務を最高幹部から命じられた翌日だった。いや、翌々日だったかもしれない。

15

あの日の午後、わたしは偶然、師と廊下で擦れ違った。

その瞬間、師が戸惑ったような顔をした。それはほんの一瞬だったけれど、わたしは師の表情の変化を見逃さなかった。

「久しぶりだな。元気かい？」

戸惑いの表情を素早く隠した師が、いつもの穏やかな口調でわたしに訊いた。

「はい。元気です」

わたしはそう答えて足を止めた。

この特別任務にどんな意義があるのかと尋ねたかった。それがわからなければ、次の行動を起こせないと思った。

けれど、師は立ち止まらずに歩き続けた。

こちらに背を向けて立ち去っていく師を、わたしは呼び止めようとした。

けれど、呼び止めることなく、離れていく師の背中を見つめ続けていた。

この特別任務は本当に師が命じたものなのだろうか？　師はこのことを知っているのだろうか？

わたしはそう思ったけれど、誰かに尋ねることはできなかった。特別任務の存在を知っているのは、ごくごく一部の限られた者たちだけのようだったから。

すぐに特別任務を遂行するための訓練が、武道場の地下にある殺風景な空間で極秘裏に始められた。

武道場の地下にそんな空間があったことを、わたしはその日、初めて知った。

訓練はほぼ毎日、朝から夜まで行われた。その訓練の場にはいつも、教官の男がふたりと、組織のナンバーツーの最高幹部が立ち会った。教官の男のひとりは元自衛官で、もうひとりは元警察官のようだった。

わたしにとって、それはとてつもなく辛いものだった。

肉体的にも辛かった。だが、それ以上に精神的に辛かった。訓練中のわたしは、いつも心の中で悲鳴を上げていた。

こんな訓練は受けたくなかった。こんな特別任務を実行したくなかった。

訓練の場に向かう朝は、いつも強烈な吐き気を催した。訓練中にトイレに駆け込み、嘔吐してしまうこともあった。

わたしは自分自身を高めたかった。人々に喜ばれるようなことをしたかったし、社会のためになりたかった。

けれど、この特別任務に従うことは、それとは正反対のことに思われた。

吐き気に耐えて過酷な訓練を続けているあいだに、わたしの中にあの忌まわしい言葉が……考えることさえ憚《はばか》られるあの言葉が、何度も浮かんでは消えていった。

師は正しいのだ。これは人々を真に救済することなのだ。

わたしは必死でそう思い、忌まわしい考えを頭の中から消し去ろうとした。


地獄のような訓練は三週間にわたって続けられた。

とても疲れているはずなのに、そのあいだずっと、わたしは熟睡することができなかった。うとうととすると、嫌な夢を見て目を覚ました。

食欲もなくなり、その三週間でわたしの体重は三キロも減少した。

訓練中はずっと耳栓をつけていたけれど、あまりに大きな音を聞き続けたために、訓練のあとではいつも耳がよく聞こえなくなっていた。

本当は誰かに相談したかった。支部にいた頃のわたしには、親友のように親しくしている女性が何人かいた。その多くが一緒に調理に携わっている人たちだった。男女の交際は固く禁じられていたが、仲良くしていた男性も何人かいた。そのうちのひとりが、わたしに恋心のようなものを抱いていることも感じていた。

けれど、本部には相談できるような人は誰もいなかった。支部にいた頃のように、わたしはみんなと仲良く暮らしたいと思っていた。だが、周りにいる人々は誰もが、わたしのことを避けているようにも感じられた。

それに、たとえ親しくしている人が本部内にいたとしても、相談をするわけにはいかなかった。この特別任務は組織の最高機密であり、他言することは決して許されないと言われていた。

16

今からちょうど一週間前に訓練が終了した。

その日の夜に、わたしの部屋に急に師がやってきた。

わたしは驚くと同時に、体が震えるような喜びを覚え、大粒の涙をぽろぽろと流してしまった。

「泣かなくていいよ」

穏やかな笑みを浮かべた師が言い、痩せてしまったわたしの体を両手でしっかりと抱き締めてくれた。

師の腕は力強く、その体はとても温かかった。

わたしはまた、この特別任務の意義を尋ねようとした。その言葉が口から出かかった。

だが、やはりわたしは尋ねなかった。

そして、あの夜、師がわたしに、この『鷹』という名を授けてくれた。

「お前はわたしにとって特別な女だ。頑張ってくれ」

わたしを見つめてそう言うと、師がもう一度、わたしの体を両手で強く抱き締めてくれた。

わたしはあの忌まわしい言葉を忘れ、またしても恍惚となるほどの喜びに包まれた。


あの晩、わたしは自分の部屋で、実にひさしぶりに師の寵愛を受けた。

師の部屋は防音性が高かったから、わたしはいつも浅ましい声を派手に張り上げて喘ぎ悶えたものだった。けれど、わたしの四畳半はそれほど防音性がよくなかったから、あの晩のわたしは声を上げまいとして必死に歯を食いしばった。

朝が来るまで、師は何度も繰り返し、わたしを抱いた。仰向けになったわたしに身を重ね合わせたり、仰向けになった自分の上にわたしをまたがらせたり、わたしに四つん這いの姿勢を取らせたりして、何度も執拗に抱いた。男性器を肛門にも挿入したし、わたしの口の中に体液を注ぎ入れもした。

師に呼ばれなくなってから、わたしは経口避妊薬を飲まなくなっていた。だから、妊娠することがあるかもしれないとも思った。

だが、たとえ妊娠したとしても、出産の日を迎えることはないとわかっていた。

いきり立った男性器でわたしを荒々しく貫き続けながら、師は何度となく、『愛しているよ』『君は特別だよ』と囁いた。

そして、わたしはあの忌まわしい言葉を忘れることに決めた。

17

缶チューハイを飲み干したわたしは、部屋の明かりを消してベッドに静かに身を横たえた。

カーテンの合わせ目から、微かな光が細く差し込んでいたから、明かりを消しても室内は完全に真っ暗というわけではなかった。

わたしにとって、これが人生で最後の夜だった。

明日は早いから、眠ろうとした。けれど、どうしても眠れなかった。

眠れないなんて……。

わたしはそれを恥ずかしいと思った。どんな時であっても、常に心を平らかに保っていなければならないというのが、師の教えのひとつだったから。

眠れないまま暗がりに沈んだ天井を見つめていると、いろいろなことが頭に浮かんできた。

どんな者たちがわたしと行動を共にするのだろう？　その者たちは今、どこで何を思っているのだろう？　やはり眠れないのだろうか？　それとも、すでに心が決まっていて、安らかな寝息を立てているのだろうか？

この特別任務を実行するのは、わたしを含めて三名だと聞かされていた。

そのひとりには『鮫《さめ》』、もうひとりには『虎』という名が、師から授けられているのだという。けれど、そのふたりについては、年齢や性別だけでなく、どんな経歴の持ち主なのかも聞かされていなかった。

わたしは寝返りを打ち、今度は目の前にある壁を見つめた。

急に、遠い昔のことを思い出した。わたしがまだ幼かった頃のことを。

わたしが中学生になるまで、冬休みが始まるといつも、家族だった人たちは全員で伊豆に行った。

伊豆ではいつも必ず、同じ旅館に宿泊した。こぢんまりとしているけれど、食事が美味しくて、とても洒落ていて、スタッフが親切なその旅館が、両親だった人たちのお気に入りだった。

森の中にひっそりと佇むように建つその旅館は、小さな湖のほとりに位置していたから、窓のすぐ向こうにその湖が見えた。鏡のような水面に浮かんでいる水鳥たちの姿もよく見えた。

あれはわたしが十歳、小学校四年生の時だったと記憶している。

その朝、なぜか、わたしは夜明け前に目を覚ました。同じ部屋に敷かれた布団では、両親だった人と兄だった人が、規則正しい寝息を立てて眠っていた。

わたしは暖かな布団の中から抜け出し、ほかの人たちを起こさないように気をつけながら、そっと窓辺に歩み寄った。夜明け前の湖を見たいと思ったのだ。

窓辺に立ったわたしは、静かに障子を開いて窓の外に視線を向けた。

その瞬間、目の前に広がる光景の、あまりの美しさに思わず息を呑んだ。

湖全体からドライアイスのような霧が立ち上り、真っ白なその霧が水面付近を漂うようにして流れていたのだ。

霧は水面から次々と湧き上がり、やがて湖から溢れ出て、音もなくその周りに広がっていった。それはまるで、グラスに注がれたビールの白い泡が縁から溢れ出ているかのようだった。

真っ白な霧は、わたしたちのいる旅館のほうにもゆっくりと押し寄せてきた。

明るくなり始めている空には、たくさんの星が瞬いていた。細い月も浮かんでいた。

それは本当に幻想的で、言葉にできないほどに美しかった。

いったい、どれくらいのあいだ、窓辺で湖を見つめていたのだろう。

やがて、わたしは窓辺を離れ、眠っている父だった人に歩み寄った。そして、彼の肩をそっと揺すって、ほかのふたりを起こさないように小声で「お父さん」と呼びかけた。この素敵な光景を、大好きなその人にも見せてあげたいと思ったのだ。

彼はすぐに目を開き、「どうした？」と、わたしに訊いた。

「窓の外を見て。すごいの」

わたしは父だった人の耳に唇を寄せて囁いた。

彼はすぐに布団から出ると、わたしと一緒に障子を開けたままの窓辺へと向かった。

窓の向こうを目にした瞬間、父だった人の口から「ああっ、これはすごいな」という声が漏れた。

「すごいでしょう？」

「うん。すごい。起こしてくれてありがとう」

こちらに顔を向けた彼が、優しい笑みを浮かべて言った。

わたしたちは窓ガラスに額を押しつけるようにして、窓のすぐ向こうで繰り広げられている幻想的な光景を見つめ続けた。

そうするうちに、空がどんどん明るくなっていって、やがて、湖を囲んでいる山の稜《りょう》線《せん》からその日の最初の太陽の光が霧に包まれた湖に差し込んだ。

「綺麗だなあ」

父だった人がそう言うと、わたしのほうに顔を向けた。そこにはやはり、とても優しげな笑みが浮かんでいた。

その笑みに応じるかのように、わたしは無言で微笑んだ。

わたしたちはまた窓の向こうに視線を移し、刻々と明るくなっていく光景を見つめ続けた。窓にあまりに顔を近づけているせいで、わたしたちの吐く息で窓ガラスが曇り始めた。

その美しい光景をもっとしっかりと見たくて、わたしは窓を開けた。

その瞬間、窓から流れ込んできたものすごく冷たい真冬の空気が、わたしたちの火照った体を心地よく冷やしていった。

目を覚ました鳥たちの声が聞こえた。父だった人がわたしの肩にそっと腕をまわした。

そして、その瞬間、わたしは生まれて初めて、自分がとても幸せで、とても恵まれているのだと感じていた。

18

もしかしたら、少しくらいはうとうとした瞬間があったのかもしれない。だが、眠れたという実感はまったくなかった。

アラームが鳴る前に、わたしはベッドに上半身を起こした。カーテンのわずかな隙間から差し込んだ朝の光が、カーペットが敷き詰められた床を細長く照らしていた。その細い光の中を、たくさんの埃《ほこり》が漂っているのも見えた。

ベッドから出ると、わたしは窓辺に歩み寄ってカーテンを広げ、窓をゆっくりと押し開けた。

きょうもいい天気で、空にはほとんど雲が見当たらなかった。けれど、暖かかった前日とは打って変わって、窓から流れ込んでくる風は乾いていて、とても冷たかった。それはまるで真冬に逆戻りしてしまったかのようだった。

風が吹くたびに、目黒川の両側に植えられた桜から大量の花びらが舞っていた。水面は今もピンクの花びらに覆い尽くされていた。

散るために咲く。

その言葉がまた頭に浮かんできた。

わたしは長いあいだ、窓から地上を見下ろしていた。気がつくと、奥歯を嚙み締め、左右の拳を強く握り締めていた。

両親だった人たちは、わたしの死をいつ知ることになるのだろう？　それとも、わたしが死んだことを永久に知らないままになるのだろうか？

これからわたしは、身元不明の死体になることになっていた。警察は何とかして、わたしの身元を突き止めようとするのだろう。だが、たぶん、それを突き止めることはできないはずだった。

両親だった人たちが、娘の死を知らなくて済むのなら、それはそれでいいことのように思われた。わたしはこれ以上、あの人たちを悲しませたくなかった。


ようやく窓辺を離れると、わたしはサイドテーブルに載せたスマートフォンと、そこに設置されているデジタル式の時計の表示をじっと見つめた。

落ち着いているつもりだった。けれど、心臓は激しい鼓動を続けていた。掌は噴き出した汗でじっとりと湿っていた。

緑色をした時計の表示が『5：59ＡＭ』から『6：00ＡＭ』へと変わった瞬間、スマートフォンが鳴り始め、わたしは声にならない悲鳴を漏らした。

作戦が中止になれ。せめて、あしたに延期させろ。そうすれば、わたしは今夜も桜を見ることができる。

鳴り続けているスマートフォンを見つめて、わたしはそんなことを願った。

「鷹だ」

汗ばんだ手でスマートフォンを握って、わたしはそう名乗った。その名を口にしたのは初めてだった。

『決行せよ』

聞き覚えのない男の声がそう告げた。その直後に、電話は切られた。

願いは叶わなかった。

スマートフォンを手にしたまま、わたしは奥歯を強く嚙み締めた。

やはり、わたしにあしたはないのだ。それどころか、数時間後には、わたしはこの世の人間ではなくなっているのだ。


五分ほどのあいだ、わたしは茫然と壁を見つめていた。

その五分で心が決まった。

わたしは浴室に入り、熱いシャワーで体と髪を入念に洗った。浴室から出ると、備えつけのドライヤーとヘアブラシで長い髪を整え、それを後頭部でひとつに束ねた。そして、新品のショーツとブラジャーを身につけ、黒い新品のカットソーを着込み、やはり新品の黒のスキニーパンツを穿いた。

身支度を終えたわたしは、脱衣所の鏡の前に立ち、そこに映っている女の美しい顔をじっと見つめた。

鏡の中のわたしは、とても落ち着いた顔をしていた。一直線に切り揃えられた前髪の下の切れ長の目は、これまでに見たこともないほどに澄んでいた。

心臓の鼓動は平常時に戻っていた。掌も汗ばんではいなかった。

大丈夫だ。わたしの中には怖気づいている自分もいないし、勇んでいる自分もいない。

そのことに、わたしは心から満足した。

さあ。決行だ。

19

ホテルをチェックアウトしたわたしは、午前七時半ぴったりに指定された場所に到着した。組織から指定されていたのは、国内でも有数の巨大ターミナル駅から少し離れた、住宅街の中にある小さな公園だった。

その公園にも数本の桜の樹が植えられていた。真冬を思わせる冷たい風に、無数の花びらが激しく舞っていた。

そこにはすでにふたりの男がいた。ふたりとも初めて会う男で、どちらも飾り気のない黒いトレーナーと、ぴったりとした黒いズボンを身につけていた。

「鷹だ」

男たちに歩み寄り、わたしはそう名乗った。

その瞬間、ふたりの顔に微かな驚きの表情が浮かんだ。わたしが女だったことに、少し驚いているようだった。

「鮫だ」

「虎だ」

ふたりがほぼ同時に名乗り、わたしは彼らを見つめて小さく頷いた。

鮫と名乗った男は、わたしよりいくつか年上なのだろう。背は高くなかったが、精悍《せいかん》な顔立ちをしていた。

虎と名乗った男のほうは、わたしと同じくらいの年齢か、少し年下なのかもしれない。背が高くて、がっちりとした体つきで、いくらか幼さの残った綺麗な顔をしていた。

わたしを見つめるふたりの目は、どちらも驚くほどに澄んでいた。

すぐに、わたしたちはターミナル駅に向かって歩き始めた。これから何をするのかは、全員がわかっていたから、口を開く者は誰もいなかった。

歩きながら、わたしは考えた。

鮫と虎は何歳なのだろう？　どこで生まれ、どこでどんなふうに育ったのだろう？　これまで、どの支部に所属していたのだろう？　今は何を考えているのだろう？　この特別任務を与えられた時、わたしと同じように戸惑ったのだろうか？　それとも、戸惑うことなどなかったのだろうか？

ふたりに訊いてみたいことはいくつもあった。けれど、わたしは何も言わずに、ふたりと並ぶようにして歩き続けた。

春の朝の太陽が、わたしたちの背中に照りつけていた。風はとても冷たかったけれど、その日差しはぽかぽかと暖かかった。

忌まわしいあの言葉が、またしても頭に浮かんだ。

だが、わたしは頭の中を必死で空っぽにしようとした。

もはや考える時は終わったのだ。今は行動を続けるしかなかった。

20

巨大なターミナル駅は、電車を降りて職場や学校へと向かう人々でひどく混雑していた。離れたところからも、それがはっきりと見てとれた。

わたしたちは駅の少し手前、指定された街路灯の下で立ち止まった。その直後に、白いライトバンが走り寄ってくるのが見えた。

そのライトバンは、わたしたちが立っている歩道のガードレールのすぐ向こう側に停車し、運転席から黒いトレーナーと黒いズボンという恰好の男が素早く降り立った。

あっ。

わたしは思わず、声をあげそうになった。支部にいた頃に、その男を何度か……いや、頻繁に目にしていたからだ。

その男は農作業のグループに所属していた。当時の彼は『カシワギ』と呼ばれていた。歳はわたしより、いくつか上に見えた。無口だったが、働き者で、とても真面目で、いつも誰よりも熱心に修行をしていた。

あの頃、わたしは彼に何度か『イチジョウさん』と呼ばれたことがあったし、わたしもまた何度か彼のことを『カシワギさん』と呼んだことがあった。

「猿だ」

車から降りたカシワギさんが名乗った。

鮫や虎と同じように、猿になったカシワギさんもまた、とても精悍な顔立ちをしていた。そして、その目はやはり、驚くほどに澄んでいた。贅肉のまったくない体をしているのが、服の上からでもはっきりとわかった。

カシワギさんもわたしに気づいたようだった。だが、顔色を変えることはしなかった。

「鮫だ」

猿と名乗ったカシワギさんに、鮫が言葉を返した。だが、虎が無言だったから、わたしも何も言わなかった。

カシワギさんは素早くライトバンの後方にまわり、無駄のない動きで車から三個のゴルフバッグを下ろした。そして、そのゴルフバッグをまずは鮫に、次はわたしに、最後に虎に手渡した。

わかっていたことだが、そのゴルフバッグはずっしりと重たかった。

「幸運を祈る」

わたしたち三人を順番に見つめてカシワギさんが言った。

カシワギさんを見つめ返してわたしは無言で頷いたけれど、心の中では彼のことを羨んでいた。

できることなら、彼に代わってもらいたかった。

猿と名乗ったカシワギさんには、あしたもあるし、あさってもあるのだ。

再びライトバンに乗り込むと、カシワギさんはすぐに車を発進させた。もうこちらを振り向くことはなかった。

21

とても重たいゴルフバッグを抱えて、わたしたち三人は横一列に並んでターミナル駅に向かって歩いた。中央を歩いていたのは鮫で、わたしは鮫の左側を、虎は鮫の右側を歩いた。

今も朝日が背中に照りつけていた。わたしたち三人の影が、前方の歩道に長く刻まれていた。

いよいよだ。いよいよだ。

そう思うと、胃が痙攣し、強烈な吐き気が込み上げてきた。

駅に向かって歩いている途中で、わたしは自分の右側を歩いているふたりの顔をチラリと見た。だが、鮫も虎もこちらに顔を向けることはせず、前方を真っすぐに見つめて黙々と歩き続けていた。

歩いていると、たくさんの人たちと擦れ違った。制服姿の高校生や中学生もいたし、小学生に見える子たちもいた。杖を突いた老人……お腹の大きな妊婦……母親に手を引かれた幼い子供……ベビーカーを押して歩く若い女……。

この人たちにどんな罪があるというのだろう？　これからわたしたちがすることによって、この人たちはどんなふうに救済されるというのだろう？

考えるな。もう何も考えるな。

わたしは自分に必死で言い聞かせた。

わたしたちは無言のまま、駅の改札口を抜けた。そこでわたしはふたりと別れ、五・六番のプラットフォームに向かうことになっていた。鮫は一・二番、虎は三・四番のプラットフォームで、それぞれが定刻にこの特別任務を遂行することになっていた。

鮫が人の流れから逸れて足を止めた。虎もわたしも同様に立ち止まった。

鮫が虎とわたしを見つめた。わたしも鮫と虎を見つめ、虎もまた鮫とわたしをじっと見つめた。

今もなお、ふたりの目は驚くほどに澄んでいた。

その目を見て、わたしは迷っている自分を恥じた。

わたしたちは五秒ほど見つめ合い、ほぼ同時に無言で頷いた。

「幸運を祈る」

鮫がそう口にした。

「幸運を祈る」

今度は虎が言い、直後にわたしも同じ言葉を口にした。

会ったばかりだというのに、これで彼らとは永遠にお別れだった。

22

ふたりと別れたわたしは、大勢の人々と一緒に階段を降り、五・六番のプラットフォームに立った。

わたしの周りには電車の到着を待つ大勢の人がいた。その雑踏の中に佇み、わたしはゴルフバッグを開き、周りの人々に覗き込まれないように気をつけながら、バッグの中をそっと覗いた。

そこには機関銃が入っていた。

そう。これからここでその機関銃を取り出し、雑踏に向けて弾丸の続く限り銃を乱射し、人々を無差別に殺傷するというのが、わたしたち三人に与えられた特別任務だった。

機関銃の弾丸が尽きたら、もしくは拘束されそうになったら、ポケットに忍ばせてある手榴弾《しゅりゅうだん》を爆発させて、粉々になって自死するように命じられていた。

わたしは左手首に嵌めた腕時計を見つめた。

決行の時刻がすぐそこに迫っていた。

わたしのすぐ前には、抱っこ紐《ひも》で赤ん坊を抱えた女がいた。辺りがやかましくてよくは聞こえなかったが、女は赤ん坊にしきりに話しかけていた。わたしが行動を起こしたら、この女と赤ん坊は真っ先に命を失うことになるはずだった。

急に視界が霞んだ。

どうやら、わたしは泣いているらしかった。

泣くな、馬鹿。これは救済なんだ。師が誤ることはないんだ。お前のしようとしていることは、正しいことなんだ。

わたしは必死で自分に言った。

その瞬間、またあの忌まわしい言葉が頭に浮かんだ。『わたしは厄介払いされるのだ。わたしは師事する人を間違えたのだ』という、あの忌まわしい言葉が。

この特別任務を命じられた時、わたしは師に厄介払いされるのだと思った。わたしが消えてしまうことを、師もその妻も望んでいて、だから死ぬように命じられたのだ、と。

わたしはその考えを必死で打ち消そうとした。師ともあろう者が、そんなケチ臭いことをするわけがないのだ、と。

わたしはまた、その言葉を振り払おうとした。だが、どうしてもうまくいかなかった。

決行の時刻がきた。

一・二番のプラットフォームで鮫が、三・四番では虎が、それぞれに特別任務を遂行し始めた。耳をつんざくような銃声と人々の悲鳴が駅の構内に響き渡り、何十人という人々がバタバタと倒れていった。

そして、その瞬間、わたしは見た。自分の前に延びている二本の道を、はっきりと目にした。

右か、左か。

わたしは瞬時に決意した。師とも組織とも訣別すると決めたのだ。

ゴルフバッグを抱えて、わたしは再び階段へと向かった。このまま警察に出頭するつもりだった。

「やめた。やめた」

わたしは声に出して言った。けれど、響き渡る銃声があまりにもやかましくて、その声はわたし自身にもほとんど聞こえなかった。

一歩足を踏み出すたびに、呪縛のようなものから解放され、解き放たれていくように感じた。そして、一歩足を踏み出すたびに、これまで自分がどれほど馬鹿なものを信じ、どれほど愚かなことをしてきたのかということを実感した。

凄まじい銃声が響き続けている。泣き叫ぶ人々の声も響き渡っている。

鷹から一条聖美に戻ったわたしは、大粒の涙を流しながら歩き続けている。

あとがき

二〇一三年十一月二十九日。モザンビークのマプト国際空港を正午前に離陸し、アンゴラへと向かっていたLAMモザンビーク航空470便が、ボツワナの空域内で急激な降下を始め、やがてその機影がレーダーから消えて消息を絶った。

消えた470便はその翌日、ナミビア東部の国立公園内の湿地帯で残骸となって発見され、乗客二十七人と乗員六人全員の死亡が確認された。同機（エンブラエル190型）は一年前にモザンビーク航空に引き渡されたばかりの真新しい双発のジェット機で、事故の前日にはエンジンと機体の検査が行われていた。

すぐにNTSB（国家運輸安全委員会）とIACM（モザンビーク民間航空協会）を中心とした事故調査委員会が結成され、470便の墜落事故原因の調査が始まった。

回収された機体からは機械的な異常はまったく見つからなかった。当日の気象条件にも特別な問題はなかった。

同機に搭乗していた四十九歳のモザンビーク人機長は、経験豊かで優秀なパイロットであり、エンブラエル190型という機体の扱いにも慣れていた。副操縦士はまだ二十四歳の若者だったが、彼もまた会社からの評価は高かった。

470便が墜落するような原因は見つからず、真相究明は難航するかに思われた。だが、同機から回収されたフライトデータレコーダーとボイスレコーダーを精査した調査委員会は、事故から一月も経たない十二月二十一日に、470便の墜落の原因は同機を操縦していた機長にあったとの報告書を公開した。

あろうことか、四十九歳のベテラン機長が、順調な飛行を続けていた470便を故意に墜落させたというのだ。

機長は沈着冷静で責任感の強い人物で、周囲からの人望も厚く、自殺をするような男には……ましてや、乗客乗員を道連れにしての死を選ぶような人間にはまったく見えなかったという。

だが、事故後の調査で、彼が何年も前から妻とのあいだで離婚調停を続けていたことや、事故の少し前に娘が心臓の手術を受けていたことが明らかになった。さらには、事故のちょうど一年前に、彼は最愛の息子を亡くしていた。息子の死因は自殺だとされていた。

離陸地のマプト国際空港から目的地のクアトロ・デ・フェベレイロ空港までは、順調なら二時間半あまりの距離だったから、飛行中にパイロットたちがトイレに立つことはあまりなかった。だが、この日は二十四歳の副操縦士が同機の航行中に、機長にトイレに行く許可を求めた。ボイスレコーダーにはその音声が記録されている。

ふだんはトイレになど行かない副操縦士が、この日に限ってトイレに立った。

おそらく、その瞬間、このベテラン機長の目の前に、突如として分岐点が出現した。

そう。分岐点だ。

目の前に延びた二本の道の一本は、彼がこれまでに何十回と選んできた歩き慣れた道だった。そして、もう一本は、考えることさえはばかられるような、破滅へと続いている恐ろしい道だった。

報告書によれば、機長が異常な行動を開始したのは、副操縦士がトイレに立った直後のことだった。

機長はコックピットドアの暗証番号を無効化する操作を行い、副操縦士がコックピット内に戻ってこられないようにした。そして、オートスロットルを切り、高度一万メートルを超える高度で順調に航行していた旅客機を、地上に向かって急降下させ始めた。

コックピットから締め出されたことを知った副操縦士は、大声で機長に呼びかけながら何度もドアをノックした。機長だけしかいないコックピット内には、機体が異常な飛行をしていることを知らせる警報音などが響き渡っていた。

もちろん、機長には副操縦士の叫び声も、激しく連打されるドアの音も、けたたましく鳴り響き続けている警報音も聞こえていた。

その時なら、まだ間に合ったはずだった。再び機体を上昇させ、歩き慣れたいつもの道に戻ることができたはずだった。

けれど、機長は分岐点に戻ろうとはせず、破滅へと向かう道を歩き続けた。同機がナミビアの湿地帯に墜落したのは、副操縦士がトイレに立ってからわずか六分後のことだった。

この本を執筆しながら、僕は頻繁にこの機長のことを……この優秀なベテラン機長が最後の六分間に見ていたはずの二本の道のことを考えた。

選んだ道と、選ばなかった道。

みなさまの人生にも何度もあったはずの分岐点に思いを巡らせて、この連作短編集を楽しんでいただければ幸いです。

二〇二二年は僕たち夫婦にとって辛い年になった。九月に十八歳半のペルシャ猫『お菊』が甲状腺機能亢進症からくる全身衰弱で死に、十一月にはまだ十歳七ヶ月だったノルウェージャンフォレストキャットの『のぼる』が、極めて悪性度の高い癌で死んだのだ。『お菊』は二年以上も闘病していたし、歳も歳だったから諦めもついた。けれど、まだ若々しくて元気いっぱいだった『のぼる』の突然の死は容易には受け入れられなかった。癌が見つかってから『のぼる』が死ぬまで一ヶ月もなかったのだから。

体重が十キロもあった『のぼる』は、明るくて、ハンサムで、美しくて、人懐こくて、呼ばれれば必ず返事をする猫だったから、その喪失感はとてつもなく大きかった。

十一月、十二月と、僕たち夫婦は一日に何度となく『のぼる』を思い出しては涙ぐんだ。こんなに悲しんだのは、妻にとっても僕にとっても初めてのことだった。

だが、きょうは元日。悲しみに包まれていた我が家にも新しい年がきた。

『のぼる』のことは今も忘れられない。けれど、僕たちの人生は続く。だから、涙を拭き、前を向いて歩き始めよう。

僕たち夫婦はそう決めた。

ありがとう、『のぼる』。君に出会えて、僕たちは幸せだった。もし君が生まれ変わったら、僕たちは必ず見つけ出すからね。

今年でデビューから三十年、本作品が新刊としては七十二冊目ということになる。極めて凡庸な僕がこんなにも長く、こんなにもたくさんの本を書いてこられたのは、みなさまが僕の本を手に取ってくださっているからです。ありがとうございます。これからも、見守り続けていただければ幸いです。

最後になってしまったが、徳間書店の加地真紀男氏に心からの感謝を捧げる。加地さんのおかげで、また新しい本を刊行することができました。ありがとうございます。これからも真摯に、必死に、懸命に書き続けます。どうぞ、末長く、よろしくお願いいたします。

二〇二三年元日　横浜市青葉区の自宅にて

大石　圭

この作品は徳間文庫のために書下されました。
なお本作品はフィクションであり実在の個人・団体などとは一切関係がありません。

徳間文庫

破《は》滅《めつ》へと続《つづ》く道《みち》

右か、左か

2023年3月15日 初刷

著者 大《おお》石《いし》圭《けい》

発行者 小宮英行

発行所 株式会社 徳間書店

東京都品川区上大崎三−一−一 〒141−8202
目黒セントラルスクエア

電話 編集〇三(五四〇三)四三四九
販売〇四九(二九三)五五二一

振替 〇〇一四〇−〇−四四三九二

印刷
製本 大日本印刷株式会社

ISBN978-4-19-894824-5